Philippe Jaccottet est né à Moudon, le 30 juin 1925. Il publie ses premiers poèmes dès 1944 dans le *Cahier de Poésie I* dirigé par Edmond Jaloux, puis son premier recueil en 1945, *Trois poèmes aux démons*. Lors de son séjour à Rome en 1946, il se lie d'amitié avec le poète Ungaretti. Sa première traduction paraît chez Mermod la même année : *La Mort à Venise*, de Thomas Mann. À l'automne 1946, Philippe Jaccottet est envoyé à Paris comme collaborateur des éditions Mermod où il reste plusieurs années. Il y fréquente les cercles littéraires, notamment celui de la *NRF* avec Jean Paulhan, Marcel Arland, Francis Ponge, Jean Tardieu, se lie avec des poètes de sa génération comme Yves Bonnefoy, Jacques Dupin, André du Bouchet, ainsi qu'avec Pierre Leyris, André Dhôtel et Henri Thomas. En 1953, il s'installe à Grignan, dans la Drôme. Outre l'écriture poétique (une trentaine d'ouvrages à son actif) et de diverses collaborations critiques, Philippe Jaccottet a traduit aussi bien des auteurs allemands (Musil, Mann, Hölderlin) qu'italiens (Ungaretti, Leopardi, Cassola), espagnols (Gongora), grecs (Homère, *L'Odyssée*) ou russes (Mandelstam).

Philippe Jaccottet

# RILKE

*Éditions du Seuil*

TEXTE INTÉGRAL

ISBN 2-02-086797-4
(ISBN 2-02-000087-3, 1re publication
ISBN 2-02-034882-9, 2de publication)



www.seuil.com

*Rilke* par lui-même. *Cela ne signifie pas : chercher l'homme derrière l'œuvre, encore moins y flairer tout ce qui le rend semblable au commun des hommes.*

*Néanmoins, cette formule prend ici un sens particulièrement plein. Non seulement Rilke s'est beaucoup dit ou peint ; mais on est tenté d'affirmer qu'il s'est fait lui-même en faisant son œuvre, qu'il s'est à la fois accompli, absorbé, effacé dans son œuvre.*

*Rudolf Kassner, l'un de ses rares amis, et le plus profond, a écrit : « Rilke était poète, était personnalité, même quand il ne faisait que se laver les mains*[1]*. » Ce n'est ni un éloge, ni un blâme : tous ceux qui ont connu Rilke semblent avoir été fascinés par une magie qui tenait à cette* intégralité, *aujourd'hui si rare ; aussi a-t-on souvent cru qu'en parlant de lui – de sa façon de se laver les mains –, on avait déjà beaucoup fait. Et c'est tout juste s'il n'est pas monté au ciel encore vivant, enveloppé dans le nuage de reconnaissance et de ferveur qu'il avait suscité – simplement parce qu'il fut l'un des derniers poètes « magiques ». Ce nuage a caché son œuvre – hors de laquelle pourtant rien ne comptait pour lui (mais c'est qu'elle avait la fonction la plus haute : le salut du monde, une chance de vie pour l'homme) ; trop d'encens a fini par exaspérer certains* *critiques (d'autant plus que le vent de l'esprit – ou de la mode – tournait). Ils se sont acharnés à le dissiper. L'œuvre leur est restée en partie dérobée, comme aux hagiographes.*

*C'est une œuvre singulière, complexe, parfois ambiguë, sur laquelle les commentaires ont proliféré. On essaie simplement ici de l'approcher en épousant son mouvement et en écartant de cette approche, dans la mesure du possible, aussi bien les traits légendaires que les interprétations systématiques ; sans voir en Rilke un saint, ni un prophète, ni un fondateur de religion (pas davantage un esthète, ou un décadent), en prenant au sérieux ce qu'un de ses compatriotes les moins indulgents pour ses pairs, Robert Musil, écrivait en 1927 : « Rainer-Maria Rilke était mal adapté à ce temps. Ce grand poète lyrique n'a rien fait que porter pour la première fois à sa perfection la poésie allemande ; il ne fut pas une sommité d'aujourd'hui, mais l'une de ces hauteurs sur lesquelles le destin de l'esprit avance de siècle en siècle[2]... »*

## Enfance, images évasives[3]

> *Ne laisse pas, le fait de l'enfance (cette fidélité sans nom des Célestes), le Destin te le reprendre :*
> *même le prisonnier qui se corrompt obscurément dans sa cellule, elle l'aura nourri en secret jusqu'au bout. Elle garde le cœur intemporel[4]...*

Le 29 janvier 1896, un poète pragois de vingt ans rédige pour l'éditeur du *Dictionnaire des poètes et prosateurs allemands du* XIX^e^, qui l'en a prié, cette notice :

*Quelques mots sur moi :*

*Je descends, si j'en crois de vieilles traditions, d'une famille de très ancienne noblesse carinthienne. On ne compte ni universitaires ni écrivains parmi mes ancêtres. Le goût d'écrire ne m'est venu ni de mon père ni de ma mère, bien que celle-ci ait des dons poétiques, mais de souffrances précoces et d'une amère expérience. J'ai quitté à dix ans le domicile familial en proie aux dissensions. J'ai peiné plus de cinq ans sous le régime haï de l'éducation militaire, pour rattraper enfin en trois ans, au prix d'efforts inouïs, les huit années de collège – avec de bons résultats ; sinon pour ma santé, qui en reste ébranlée.*

*Rilke, René Maria Caesar, né à Prague le 4 décembre 1875, actuellement rédacteur de* Jung-Deutschland und Jung-Œsterreich. *Ma devise :* Patior ut potiar. *Pour le présent, je nourris une aspiration ardente à la lumière, pour l'avenir un espoir et une crainte. Espoir : paix intérieure et bonheur de créer. Crainte (hérédité nerveuse chargée) : folie !*

*J'ai écrit des drames* (Gleich und frei, Im Frühfrost – *inédit* –), *des nouvelles, des croquis (nombreux travaux épars dans plus de vingt revues et prochainement rassemblés), des poésies lyriques, des psychodrames, de la critique, etc. À mes heures de loisir, je manie le pinceau. Je suis également improvisateur.*

*Ouvrages parus :* Leben und Lieder, *images et feuillets de journal* 1894. Larenopfer 1896 *(Prague, H. Dominicus).* Wegwarten-Cyclus ; *cahier* I : Lieder ; *cahier* II : Jetzt und in der Stunde des Absterbens, *drame (à paraître)*[5].

Cette notice touchante et drôle dans sa naïve fierté, d'une complaisance un peu inquiétante, révèle déjà une opposition essentielle ; elle dit : « J'ai souffert, je souffre, j'ai peur – mais j'écris ; j'ai commencé ma vie dans de mauvaises conditions, mais je rétablis l'équilibre – en écrivant. » Même à cette époque de sa vie (qu'il n'aimera pas à se rappeler plus tard) où Rilke a cherché le succès, le besoin d'écrire a été lié chez lui à une nécessité jugée urgente, s'est confondu avec le besoin de vivre.

D'ailleurs, presque tous les éléments importants de son enfance et de son adolescence sont déjà là : le rêve d'une origine aristocratique, le désaccord des parents, l'épreuve de l'École militaire – tels qu'on les retrouve dans une lettre du 3 avril 1903 à Ellen Key, la célèbre féministe, thuriféraire du « premier » Rilke : *Oui, ma famille est ancienne. En 1376 déjà elle faisait partie de la plus ancienne noblesse carinthienne... J'ai passé mon enfance à Prague, dans un appartement mesquin et triste. L'union de mes parents était déjà flétrie quand je suis né*[6]... Une lettre plus ancienne, adressée le 16 avril 1897 à l'écrivain Ludwig Ganghofer[7], résume ainsi une *très sombre enfance* : l'enfance d'un cœur profondément solitaire, désarmé, qui a subi, après un *dorlotement malsain* (de la part de sa mère), l'épreuve d'une *brutalité dépourvue de sens.* Il n'y a aucune raison de douter que Rilke n'ait en effet ressenti de la sorte son enfance, même s'il est évident qu'elle connut aussi beaucoup d'heures claires. Rilke a tenu à ce que les armes de sa famille figurent sur sa tombe ; il s'est plu à croire toute sa vie à cette légende qui circulait parmi les siens et qui est née d'une confusion entre deux lignées de Rilke.

Devenu célèbre, il a fréquenté de préférence des milieux d'aristocrates ou de grands bourgeois fortunés, dont il a été l'hôte une bonne partie de sa vie. Il n'en faut pas davantage, aujourd'hui, pour le rendre suspect à certains critiques ou lecteurs. Il est vrai que les prétentions nobiliaires de Rilke, les aspects mondains de sa vie sont quelquefois irritants ; mais ni plus ni moins que chez Proust ; et les raisons en sont profondes. Peu d'hommes auront eu plus que lui le sentiment de n'être qu'un feu follet, un sans-patrie (ce qu'il était en effet, comme Autrichien né à Prague, comme poète de langue allemande ayant vécu presque toujours hors d'Allemagne, mort en Suisse, et plus fondamentalement comme esprit moderne) ; et parmi les remèdes qu'il lui fallut chercher, sous peine de succomber, à ce déracinement, il y eut d'abord le rêve, amoureusement cultivé, d'appartenir à l'une de ces vieilles familles qui ont incarné dans l'histoire la continuité, la durée, la lente croissance dans un même lieu, comme autour d'un centre, à la manière des arbres : autant de traits qui définiront bientôt, chez Rilke, l'art poétique, et l'art de vivre. *Être lié à de telles traditions, s'y tenir, se reconnaître en elles dans les détours presque anonymes de la vie : est-il rien de plus fiable, de plus noble, de plus pur, de plus fervent ? La lecture du* Livre de raison[8] *m'a fait mesurer une fois de plus à quel point me manque ce lien avec un domaine familial où l'on sente l'action et l'inclination des ancêtres, accueillies et en quelque sorte reconnues par la nature, grandir et durer, et au sein duquel leur tombe même ne signifie pas autre chose qu'un approfondissement d'appropriation et de filiation, un dernier oui à ce calme et familier royaume de la terre*[9]... Tel est le niveau où se situe ce que certains ont appelé un peu vite le « snobisme » de Rilke. Que les tombes mêmes semblent dire *oui* à la terre, que la mort s'intègre dans une totalité qui échappe au regard distrait, c'est ce qu'il n'a cessé d'espérer, ce à quoi son œuvre devait conduire ; la tradition, aristocratique ou bourgeoise, lui semblait un des aspects de cet ordre profond. Et comment ne pas reconnaître la qualité spirituelle de la plupart des êtres auxquels Rilke s'est attaché dans ces milieux, comme l'importance de l'aide qu'il y a trouvée pour mener son œuvre à terme ?

Qu'aura été Prague pour René Rilke ? Il écrit en 1899 : *La ville des pignons et des tours est étrangement bâtie : le bruit de la grande Histoire ne s'y éteint jamais. L'écho des jours sonores vibre aux murs fanés. Des noms brillants se posent comme une lumière secrète au front des palais silencieux. Dieu s'enténèbre dans de hautes églises gothiques. Dans des cercueils d'argent, des corps de saints, décomposés, sont comme du pollen entre des pétales métalliques*[10]... Lors d'un bref retour à Prague, en novembre 1907, il écrit à Clara Rilke : *Plus que jamais, depuis ce matin, je ressens la présence de cette ville comme énigme et désordre*[11]... Si quelques poèmes juvéniles suggèrent le monde pragois, si les *Histoires pragoises* de 1899 montrent Rilke sensible aux aspirations des Tchèques et au mystère de leur ville, il semble que celle-ci se soit en effet bientôt confondue, dans son cœur, avec le poids même de l'enfance.

Il y a eu vraiment, en Carinthie, des Rilke nobles, et le « cornette » de l'œuvre la plus populaire du poète est un personnage historique ; mais ses ancêtres à lui étaient des paysans allemands. Joseph, son père, avait dû abandonner, pour des raisons de santé, la carrière des armes, et se contenter d'un poste d'inspecteur des chemins de fer. Il en avait éprouvé quelque amertume, et plus encore sa femme, Phia, fille de commerçants d'origine peut-être alsacienne, à la fois dévote et entichée de mondanités. Les époux, désaccordés, se séparèrent en 1884 ; Rilke n'avait que neuf ans. Les jugements qu'il a portés sur eux ont peu varié au cours des années ; ce qui ne signifie pas que ses sentiments à leur égard aient été simples.

Un de ses rares textes franchement autobiographiques, une nouvelle écrite en 1898 mais restée inédite de son vivant, *Ewald Tragy*, évoque le père et le fils se promenant dans les rues de Prague, à la veille du départ pour Munich décidé par le jeune homme contre le gré de son père : – *Oh, vous avez de ces idées… Le jeune monsieur prend une mine parfaitement outrée.*

*– C'est que nous ne sommes pas d'aujourd'hui, dit le vieux monsieur, – ça suffit !*

*– C'est justement, triomphe Tragy junior, vous êtes de je ne sais quand,* anno olim, *poussiéreux, desséchés, au reste…*

*– Ne crie pas ! ordonne l'inspecteur, et on voit reparaître l'ancien officier.*

*– J'ai quand même bien le droit…*

*– Du calme !*

*– J'ai bien le droit de parler…*

*– Eh bien, parle, jette M. von Tragy avec mépris. Ce bref « Eh bien, parle » fait l'effet d'une gifle. Et sur ce, Tragy père, raide et solennel, traverse la rue. Comme celle-ci est complètement vide, les deux hommes ne se rejoindront pas de sitôt et il semble que la chaussée brûlée de soleil ne cesse de s'élargir entre eux. Ils ne se ressemblent plus du tout. Le vieux monsieur est de plus en plus impeccable dans sa démarche et sa contenance, et ses bottes lancent des étincelles. L'autre, là-bas, se transforme aussi. Tout en lui se ratatine et se contracte comme du papier qui brûle. Son complet prend tout à coup une foule de plis, sa cravate se gonfle, le bord de son chapeau semble s'élargir. Il a empoigné son court pardessus dernier cri comme un imperméable et le porte contre quelque tempête. Ses pas luttent. Il ressemble à une vieille lithographie portant comme légende : « 1848 » ou : « Le révolutionnaire ».*

*Il n'en jette pas moins, de temps à autre, des*

*regards circonspects en face. Cela l'inquiète, de voir le vieil homme ainsi abandonné sur le trottoir infiniment désert. « Comme il est seul », pense-t-il – et : « S'il lui arrivait quelque chose... »*

*Il ne quitte plus son père des yeux, ceux-ci le suivent, ils lui font presque mal à force d'attention.*

*Enfin les deux hommes se retrouvent devant la même maison. Lorsqu'ils pénètrent dans le couloir, Ewald demande : Papa ! Il se trouble un instant puis bredouille : Relève ton col, papa – il fait toujours si froid dans l'escalier.*

*Sa voix hésite et finit la phrase sur un ton interrogateur, quoiqu'elle n'ait rien d'une question.*

*Et son père ne répond d'ailleurs pas, il ordonne : Arrange ta cravate !*

*– Oui, acquiesce minutieusement Ewald, et il arrange sa cravate.*

*Puis tous deux montent avec componction, comme l'hygiène le recommande*[12].

Alors déjà, bien que prédominât en lui le souvenir encore frais du « violent refus » opposé à un père qui n'admettait pas que l'on pût se consacrer à la littérature autrement qu'*à côté* d'autre chose, Rilke laissait percer sa tendresse, sa pitié pour cet homme amer mais bon, de quarante ans plus âgé que lui. En 1903, il écrit à Ellen Key : *Je voudrais témoigner à mon père beaucoup d'affection. Sa bonté est inexprimable, et ma vie, qu'il ne peut pas comprendre, lui est un motif quotidien de poignant souci*[13]. Longtemps encore, il souffrira de dépendre matériellement de lui. Et quand le père reparaîtra, transfiguré, dans la *Quatrième Élégie*, datée de novembre 1915, c'est encore cette angoisse pour l'avenir de son fils qui le définira. Celui-ci, au moment d'affronter le vide dont le destin paraît alors le menacer, le prend à témoin de sa résolution :

*N'ai-je pas raison ? Toi qui trouvas saveur si amère*
*à la vie en goûtant la mienne, père,*
*et, regoûtant à mesure que je grandissais*
*la trouble première eau de mon devoir,*
*tourmenté par l'arrière-goût d'un avenir*
*si étranger, interrogeais mon opaque regard,*
*toi qui souvent, père, depuis ta mort,*
*connais l'angoisse en moi, dans mon espoir,*
*et pour mon peu de destin, renonces à la sérénité*
*qu'ont les morts, à leurs empires de sérénité,*
*n'ai-je pas raison ?*[14]...

Joseph Rilke était mort en 1906 : Phia, aussi résistante dans son apparente fragilité que sa propre mère, qui mourut presque centenaire, survécut à son fils jusqu'en 1931.

Rilke écrit à Lou Andreas-Salomé, le 15 avril 1904 : *Ma mère est venue à Rome et s'y trouve encore. Je ne la vois que rarement, mais, tu le sais, chacune de nos rencontres est une sorte de rechute. Chaque fois qu'il me faut revoir cette femme égarée, irréelle, sans lien avec rien et qui ne peut vieillir, j'ai le sentiment que, tout enfant déjà, j'ai dû chercher à la fuir ; et tout au fond de moi, après des années et des années d'allées et venues, je crains de n'être pas encore assez loin d'elle, de garder encore quelque part en moi des mouvements qui soient l'autre moitié de ses gestes étriqués, quelques fragments des souvenirs qu'elle emporte partout, en morceaux, avec elle ; alors, je prends en horreur sa piété distraite, sa foi têtue, tout cela de difforme et de contrefait à quoi elle se cramponne, elle-même pareille à un vêtement vide, fantôme effrayant. Dire que je suis néanmoins son enfant ; que dans cette paroi déteinte et détachée de tout, quelque porte dérobée, à peine visible, a été mon accès au monde (si pareille porte peut jamais y donner accès*[15]*...)* !

Phrases douloureuses, d'une singulière dureté, que confirme huit ans plus tard une autre lettre à la même destinataire : *... Une figure aussi vague, pour laquelle, même aujourd'hui, dans le cœur plus expérimenté, aucune espèce de sentiment réel ne peut se former*[16].

Phia fut bien, semble-t-il, une femme partagée entre la bigoterie et d'absurdes prétentions mondaines. Mais elle écrivait, elle a même publié des poèmes ; c'est plutôt à elle qu'à son père, c'est surtout à son grand-père maternel que Rilke, physiquement, ressemblait. Et dévotion et snobisme ne se retrouvent-ils pas dans une certaine mesure, transfigurés, chez lui ? Aussi a-t-il pu voir en sa mère une sorte de caricature de lui-même, l'image, redoutable, de ce qu'il risquait de devenir s'il laissait dominer en lui certaines faiblesses. Comme il avait quelques raisons de lui reprocher de n'avoir été ni une bonne épouse, ni une bonne mère, l'âpreté de son refus nous apparaît moins surprenante ; et sans ce refus, peut-être n'eût-il pas grandi.

L'enfance de Rilke offre une ressemblance frappante avec celle de son contemporain Robert Musil, qu'il n'a pas connu. Comme lui, il souffrit du désaccord entre un père d'une dignité un peu raide et une mère plus imaginative, plus instable ; comme lui, il dut remplacer, dans l'affection maternelle, une sœur aînée morte en bas âge. *Les Cahiers de Malte Laurids*

*Brigge* ont gardé trace de cette étrange éducation: *Nous nous rappelâmes qu'il y avait eu un temps où maman désirait que je fusse une petite fille et non pas ce garçon que, mon Dieu, oui, il fallait bien que je fusse. J'avais deviné cela, je ne sais plus comment, et j'avais eu la pensée de frapper quelquefois l'après-midi à la porte de maman. Quand elle me demandait alors qui était là, j'étais tout heureux de répondre du dehors: « Sophie », d'une voix que j'amenuisais si bien qu'elle me chatouillait la gorge. Et lorsque j'entrais ensuite (dans mon petit vêtement d'intérieur aux manches relevées qui semblait presque un déshabillé de fillette), j'étais tout simplement Sophie, la petite Sophie de maman qui s'occupait dans le ménage et à laquelle sa maman devait tresser une natte, pour qu'il n'y eût surtout pas de confusion avec le vilain Malte, si jamais il revenait*[17]*...*

Voilà pour le *malsain dorlotement*. Mais voici Malte, ailleurs, parlant de la nuit: *Ô nuit sans objets. Ô fenêtre sourde au-dehors, ô portes closes avec soin; pratiques venues d'anciens temps, transmises, vérifiées, jamais entièrement comprises. Ô silence dans la cage de l'escalier, silence dans les chambres voisines, silence là-haut, au plafond. Ô mère: ô toi unique, qui t'es mise devant tout ce silence, au temps que j'étais enfant! Qui le prends sur toi, qui dis: « Ne t'effraie pas, c'est moi. » Qui as le courage, en pleine nuit, d'être le silence pour qui a peur, pour ce qui périt de peur! Tu allumes une lumière et le bruit, déjà, c'est toi. Tu la soulèves et tu dis: « C'est moi, ne t'effraie pas ». Et tu la déposes lentement, et il n'y a pas de doute: c'est toi, tu es la lumière autour des objets familiers et intimes qui sont là, sans arrière-*

*sens, bons, simples, certains. Et lorsque quelque chose remue dans le mur ou fait un pas dans le plancher : tu souris seulement, tu souris, souris, transparente sur un fond clair, au visage angoissé qui te sonde comme si tu étais dans le secret de chaque son étouffé, d'accord avec lui et de concert. Un pouvoir égale-t-il ton pouvoir dans le royaume de la terre*[18]*...*

Comment ne pas croire que Phia ait pu être aussi, quelquefois, cette mère-là ? Mais cette grande figure tutélaire, il est vrai qu'elle est avant tout le produit d'une immense nostalgie, comme l'avoue ce passage d'une lettre déjà citée à Ellen Key : *Vous vous êtes représenté ma mère, dans l'une de vos bonnes lettres, comme une femme belle et noble dont les mains vont des fleurs à son enfant : que de fois j'ai rêvé d'une telle femme, d'une mère qui soit grandeur, bonté, quiétude, charité... il doit y en avoir eu de telles dans le passé de ma famille, car je sens parfois un peu de leur présence posé sur moi comme la lumière d'une lointaine étoile, comme un obscur regard... Je vous ai d'ailleurs écrit comme je l'aurais fait à une telle mère, ou à une sœur aînée qui en sait plus que moi sur la vie et sur les humains*[19].

C'est sans doute avec les meilleures intentions du monde que Joseph Rilke, qui devait s'inquiéter de l'influence de Phia sur René, l'envoya, quand il eut onze ans, à l'École militaire de St-Pölten. Il ne mesurait pas mieux l'hypersensibilité de son fils que ne le font les critiques qui s'étonnent des réactions de Rilke à cette période de son enfance, sous prétexte que cette institution n'était pas si sévère que cela, puisqu'on avait même permis au jeune cadet de lire de ses vers en classe… Là encore, je ne vois aucune raison de douter que cette expérience, banale ou seulement désagréable pour d'autres enfants, n'ait été vraiment pour lui l'épreuve presque insoutenable du heurt avec ce que le réel a de plus brutal (du moins le croyait-il…) et d'une profonde humiliation, comme il ressort des rares textes où il a essayé de l'affronter et de ses lettres, notamment de celle datée du 9 décembre 1920 au général-major von Sedlakowitz, qui lui avait demandé s'il était bien le « cadet Rilke » dont il avait gardé le souvenir. Le poète était alors célèbre ; sa courtoisie épistolaire frisait quelquefois l'insincérité ; à cette lettre bien intentionnée et, somme toute, touchante, on eût pu attendre de lui une réponse brève, mais polie. Or, celle-ci s'étire sur des pages et des pages, et le sujet semble encore si brûlant que Rilke ne peut pas ne pas l'aborder gravement : … *Une voix (la seule de ce genre qui ait cherché à m'atteindre) qui se réfère à ces années très lointaines devait d'abord – pardonnez-moi d'être si direct – me paraître incroyable. J'estime que je n'aurais pu réaliser ma vie, cela que je puis maintenant nommer tel (au petit bonheur, sans le comprendre intégralement), si je n'avais renié et refoulé durant des décennies tous mes souvenirs de ces cinq ans d'école militaire ; oui, que n'ai-je fait pour ce refoulement ! Il y a eu des périodes où la moindre influence de ce passé refusé eût détruit la nouvelle conscience féconde et originale pour laquelle je luttais.*

… *Si vous jugez excessive, mon général, l'amertume sans laquelle il m'est impossible aujourd'hui encore de mentionner seulement ces circonstances de ma première jeunesse, – je vous prie de considérer un instant qu'alors, à ma sortie de l'école militaire supérieure, je me trouvai devant les immenses tâches de ma vie, âgé de seize ans, comme un être épuisé, maltraité dans son corps et dans son esprit, retardé, frustré de la part la plus innocente de ma force et de cette préparation (impossible à rattraper jamais) qui eût bâti de purs degrés pour une ascension que je dus entreprendre dès lors, affaibli et lésé, par les parois les plus abruptes de mon avenir.*

*... Si je n'ai pas refoulé complètement cette période d'École militaire, je n'ai pu que lui accorder une place quelque part derrière moi, grosso modo et de façon tout à fait générale. Pour une analyse et surtout une élaboration de ses éléments, mes forces d'ailleurs orientées autrement, vers l'avenir, n'auraient jamais suffi*[20]*...*

Rilke n'en a pas moins plus d'une fois exprimé le désir d'écrire ce qu'il appelait son *roman militaire* ; notamment à Lou Andréas-Salomé à qui il se confiait plus qu'à personne d'autre sur l'essentiel ; mais il ne l'a pas fait ; et même dans ses lettres de février 1914 à Magda von Hattingberg (« Benvenuta »), cette musicienne qui lui avait écrit son admiration pour les *Histoires du bon Dieu* et à qui, recru de solitude, il répondit, sans l'avoir jamais vue, tant de pages étrangement passionnées, même dans ces lettres-là où, plus qu'il ne parle à cette *bien-aimée lointaine*, il s'ouvre devant elle, où il s'ouvre plus qu'il ne l'a jamais osé, et revient souvent à son enfance, même là il ne dit rien sur ses cinq ans d'École militaire, sinon que *jamais personne n'est resté aussi longtemps la tête sous l'eau*. Peut-être eût-il mieux valu, pour son équilibre intérieur, qu'il affrontât une seconde fois, par l'écrit, cette phase sombre de sa vie. Mais ce n'est pas le poète « tel qu'il aurait pu être » que nous approchons ici.

Rilke est sorti de l'École militaire, le 3 juin 1891, à seize ans (St-Pölten, puis Mährisch-Weisskirchen qui devait inspirer à un autre de ses élèves, Robert Musil, *les Désarrois de l'élève Törless*). Les six années qui le séparent de son installation à Munich ont été sûrement des années plus lumineuses (le contraste à lui seul y devait aider) : études (un peu moins d'une année à Linz, puis le retard rattrapé, à Prague, grâce à l'appui de l'oncle Jaroslav et un travail intensif, enfin de vagues essais universitaires), amours (plusieurs centaines de lettres, déjà, à Valérie David-Rhonfeld), et surtout, *littérature !* comme un remède à la solitude foncière, à l'angoisse toujours prête à resurgir, aux humiliations d'autant plus graves qu'on ne les avoue pas.

Aucun texte, dans l'abondante production de René Rilke, n'a de réelle valeur, ni ne nous apprend grand-chose sur lui. Y sont sensibles néanmoins une grande facilité d'expression, un sens inné de la mélodie ; la hantise de la mort ; le goût de l'assourdi, du fané, du recueilli, du subtil. Mais ce sont là des traits communs à nombre de jeunes poètes modernes, et communs à son époque ; comme le besoin très vif à cette époque d'être publié, conseillé, encouragé.

René Rilke, c'est Rilke avant Rilke, non pas un génie précoce, mais un jeune homme sensible qui écrit par don naturel et pour s'opposer à ce qui l'a blessé : la médiocrité du milieu, la raideur de son père, la frivolité et la bigoterie de sa mère, la brutalité de l'École militaire ; et puis aussi toute la détresse humaine, devinée de loin (c'est l'époque où il distribue des poèmes dans la rue : … *Vous donnez vos œuvres en édition bon marché : ce faisant, vous facilitez leur achat aux riches ; vous n'aidez pas les pauvres. Aux pauvres, tout est coûteux)*[21]… C'est l'adolescent qui se promène dans Prague un iris à la main, parce qu'il est à l'âge maladroit où l'opposition prend volontiers les formes les plus extérieures, les plus voyantes. C'est un être meurtri, mal préparé en effet à la vie ; mais il dispose de cette arme qu'il a opposée dans son tout premier texte (une rédaction scolaire probablement) à l'épée : la plume, *revanche du faible.*

*On a vu que venait l'automne. Le jour bientôt*
*était mort dans son propre sang.*
*Dans la pénombre seule encor luisait la fleur*
*sur le chapeau déformé de la petite.*

*De son gant déchiré elle me caressa*
*la main discrètement, flatteusement.*
*Personne qu'elle et moi dans la ruelle…*
*Inquiète, elle dit : « Tu t'en vas ? » Je m'en vais.*

*Alors elle enfouit sa tête chagrinée*
*dans l'étoffe de mon manteau.*
*Sur le chapeau la rose fit un signe rouge,*
*et le soir eut un sourire fatigué*[22].

C'est un poème écrit à Prague au printemps de 1896, peu avant le décisif départ pour Munich. Un poème entre beaucoup d'autres analogues, trop frêle, et d'une trop complaisante mélancolie (mais c'est aussi le premier d'une longue série d'« adieux »…). Il fallait pourtant en citer un, ne serait-ce que pour mesurer plus tard sur lui le chemin parcouru.

Malgré les épreuves de ces années, lorsque Rilke a commencé à reconnaître et à ordonner son monde intérieur, à en saisir, à en situer les images et les figures essentielles, l'enfance, considérée de façon plus générale, a pris un aspect infiniment plus positif. C'est qu'il en avait aussi connu, en secret, le sourd bonheur :

*Il faudrait réfléchir longuement, si*
*l'on voulait dire chose aussi perdue*
*que ces très longs après-midi d'enfance*
*qui ne revinrent jamais tels – pourquoi ?*

*Cela nous parle encore… un jour de pluie,*
*mais nous n'en savons plus lire le sens ;*
*jamais n'aura la vie apporté tant*
*de rencontres, de progrès et de départs*

*qu'alors où il ne nous arrivait rien*
*de plus qu'il n'arrive aux choses, ou aux bêtes :*
*nous vivions, comme un sort humain, leur sort,*
*nous n'étions plus que figure plénière,*

*et aussi solitaires qu'un berger*
*sous le surcroît d'aussi vastes lointains,*
*et comme hélés et touchés de très loin,*
*et lentement ainsi qu'un fil inemployé*
*dans ces chaînes d'images insérés*
*où durer, maintenant, nous déconcerte*[23].

Il pensait, à bon droit, qu'on lui avait gâté son enfance ; que les adultes, presque toujours, à l'école, ne la comprennent pas, l'empêchant de s'épanouir. Non pas qu'il eût jamais vu en elle, trop simplement, le Paradis perdu. Dans le langage de sa maturité, il dira :

*... Mais les enfants déjà, jouant dehors,*
*crient à côté des véritables cris.*
*Crient le hasard. De leurs criailleries,*
*dans les failles de l'espace de ce monde*
*(où le cri de l'oiseau pénètre sauf, ainsi*
*les êtres dans les rêves), ils enfoncent les coins*[24].

Néanmoins, il y a quelque chose dans l'enfance, parce qu'elle ne *distingue* pas exagérément, parce qu'elle est encore presque pleine, presque entière, qui est plus proche de la sphère parfaite de l'être dont la naissance nous expulse, dont une certaine connaissance nous éloigne toujours davantage : et alors, *Malheur ! où sommes-nous ?* où est notre place, comment la trouver, comment s'y maintenir ?

L'œuvre poétique ne sera si passionnément poursuivie par Rilke que parce qu'elle lui est apparue très tôt seule capable de guérir cette blessure, de désigner cette juste place, ce site pur, et d'*ordonner* les cris *déplacés* de l'enfant. Pour cette unique chance, il valait la peine de rompre avec le monde pseudo-réel de Prague et de la famille.

## Naissance de Rainer-Maria

*Je vis ma vie en cercles de plus en plus grands*[25]...

Rilke a fait le premier pas : il a quitté Prague pour Munich, l'un des foyers de la vie intellectuelle en Allemagne. La seconde partie d'*Ewald Tragy*, reflet presque immédiat de ces moments, montre le jeune Pragois se heurtant à la froideur étrangère de la ville et d'abord comme égaré ; puis rencontrant des écrivains, dont il a vite mesuré les limites. Malgré l'attendrissement, l'énergie secrète de Rilke est déjà perceptible, sous un voile d'humour, dans ces pages ; déjà il a compris que sa tâche propre est de traduire une sensibilité à l'immédiat, à l'intime, à l'obscur, dans l'appréhension de sa solitude singulière, non dans aucune théorie ; il commence à mesurer aussi les dangers de la facilité et de l'emphase. Tragy se replie donc sur lui-même ; cependant, préfigurant ainsi un mouvement qui sera celui de Rilke jusqu'à la fin de sa vie (sa vraie façon de communiquer), il écrit des lettres, des lettres qui sont autant d'appels, auxquels nul ne répond ; et pour finir, à bout de solitude, une *longue, longue lettre* à sa mère : *C'est un cri vers l'amour maternel qui dépasse de très loin toute femme, remonte à cet amour originel qui confère au printemps sa joie et sa sérénité. Ces mots ne vont plus à la rencontre de personne, les bras ouverts ils se précipitent dans le soleil. Aussi n'est-il point étonnant que Tragy, en finissant, s'aperçoive qu'il n'est personne à qui envoyer cette lettre, que personne ne la comprendrait, et surtout pas cette mince et nerveuse dame. Elle est si fière, quand, à l'étranger, on l'appelle « Mademoiselle », pense Ewald, et il sait : il faut bien vite brûler cette lettre.*

*Il attend.*

*Mais la lettre brûle très lentement à toutes petites flammes frémissantes*[26].

À cet appel, la rencontre avec Lou Andreas-Salomé, le 12 mai 1897, avait déjà donné une réponse.

Lou Salomé[27], fille d'un général russe descendant lui-même de huguenots français, fascina dès sa première jeunesse par son intelligence, sa beauté, la liberté et la vigueur de son esprit. Passionnément et vainement aimée par Nietzsche qu'elle avait rencontré à Rome en 1882 et associé à un étrange rêve de ménage à trois avec un autre jeune philosophe, ami de Nietzsche, Paul Rée, elle avait ensuite, non moins étrangement, cédé à la cour insistante de l'orientaliste Andreas, qui devait être son mari, mais seulement en titre, pendant quarante-trois ans. « Je n'ai jamais rencontré créature plus douée et plus réfléchie », disait Nietzsche. Même après son mariage, elle vécut le plus librement du monde, écrivant beaucoup (articles, romans, nouvelles, essais), fréquentant volontiers les milieux de l'avant-garde européenne, suscitant des passions partout où elle paraissait, les dédaignant presque toujours, pour devenir enfin une amie et une collaboratrice de Freud.

Celle que les nazis devaient surnommer la « sorcière du Hainberg » mourut à Göttingen en 1937.

Elle avait trente-sept ans quand Jacob Wassermann, en mai 1897, à Munich, lui présenta Rilke. Déjà elle avait publié, non sans succès, un roman à thèse, *Un combat pour Dieu*, où elle exposait le problème de la perte de la foi (qui était le sien depuis longtemps), et de nombreux articles, notamment, l'année précédente, *Jésus le Juif*, une étude que Rilke avait lue et qui trouva un écho dans le cycle de ses *Visions du Christ*. Dans ses *Regards sur ma vie*, elle écrit : « Je fus ta femme pendant des années parce que tu fus la première réalité, où l'homme et le corps sont indiscernables l'un de l'autre, fait incontestable de la vie même. J'aurais pu dire littéralement ce que tu m'as dit lorsque tu m'as avoué ton amour : *Toi seule es réelle*. C'est ainsi que nous sommes devenus mari et femme avant même de devenir des amis, non par choix, mais par cet insondable mariage. Ce n'étaient pas deux moitiés qui se cherchaient : tremblante, notre unité, surprise, reconnaissait une unité préordonnée. Nous étions frère et sœur, mais comme dans ce passé lointain, avant que le mariage entre frère et sœur devînt sacrilège[28]. »

Rilke et Lou passèrent dans le bonheur des commencements de l'amour l'été 1897, à Wolfratshausen ; sa poésie, en même temps que sa vie, prenait corps :

*Le paysage est lumineux, plus sombre la tonnelle,*
*tu parles à voix basse, le miracle est proche.*
*Et chacun de tes mots, ma foi en fait*
*un oratoire sur mon chemin silencieux.*

*Je t'aime. Tu es couchée dans la chaise longue*
*et tes mains dorment blanches sur tes genoux.*
*Ma vie est comme un dévidoir d'argent*
*en leur pouvoir. Libères-en le fil*[29].

Durant l'hiver, Rilke s'installa dans la banlieue de Berlin, tout à côté de chez les Andreas. Lou était à la fois émue par la passion du poète et troublée par ses crises d'angoisse ; elle le jugeait menacé de graves déséquilibres et s'efforçait de lui donner des contacts plus étroits avec la nature, ainsi qu'une méthode de travail.

Au printemps 1898, Rilke alla rendre visite à sa mère à Arco, sur le lac de Garde, et passa un mois à Florence, où il tint, à l'intention de Lou, son *Journal* ; il apprenait lentement à voir, et à réfléchir sur le sens de ce qu'il voyait. Dans l'art de la Renaissance, il pensait retrouver Dieu ; mais c'était encore un Dieu d'esthète, et ces premières impressions d'Italie, peu profondes, furent bientôt éclipsées par la découverte de la Russie où Rilke, le printemps suivant, accompagna les Andreas. Lou avait gardé beaucoup de relations en Russie ; les voyageurs furent reçus notamment par Tolstoï et par le peintre Léonide Pasternak.

« Par une chaude matinée de l'été 1900, un train de voyageurs s'apprête à quitter la gare Kourski. Quelques instants avant que le convoi se mette en branle, un inconnu affublé d'un manteau noir à la tyrolienne s'approche de la fenêtre de notre compartiment. Une femme de haute taille l'accompagne. Ce doit être sa mère ou sa sœur aînée. Tous deux commencent à parler avec mon père de choses qui semblent leur tenir à cœur. De temps en temps, la femme échange avec ma mère, en russe, quelques paroles entrecoupées. L'inconnu, lui, s'exprime en allemand. Je connais parfaitement cette langue, mais c'est bien la première fois que je l'entends parler ainsi. Et soudain, sur ce quai noir de monde, entre deux cloches, l'inconnu m'apparaît comme une ombre parmi des corps bien en chair, phantasme dans le champ du réel[30]. » Telle est l'image que le fils du peintre, Boris Pasternak, a gardée, au seuil de *Sauf-conduit* (d'ailleurs dédié à la mémoire de Rilke), du passage du poète (qui était cette fois-là, au second voyage, seul avec Lou).

Lors du premier voyage, celui de 1899, Rilke fut particulièrement frappé par les Pâques russes, à Moscou ; lors du second, l'année suivante, par une visite aux catacombes du couvent Pechevsky où les moines, jadis, passaient leur vie sous terre :

*... même aujourd'hui, on peut marcher pendant des heures à travers ces couloirs (pas plus hauts qu'une personne de taille moyenne et n'ayant pour toute largeur que celle des épaules), le long des cellules dans lesquelles les saints et les moines faiseurs de miracles avaient vécu leur sainte frénésie. Dans chaque cellule, il y a aujourd'hui un cercueil d'argent où le moine qui y vécut jadis, il y a de cela mille ans, repose, intact, dans la châsse précieuse, vêtu de damas somptueux. Sans interruption, les pèlerins de toutes régions – de la Sibérie au Caucase – avancent dans l'obscurité et embrassent les mains couvertes des saints. C'est le monastère le plus sacré de tout l'empire. Une bougie à la main, j'ai parcouru tous ces couloirs, une fois seul, une autre fois au milieu de la foule en prière. J'en ai gardé des impressions profondes et j'ai l'intention de visiter de nouveau les étranges catacombes*

*avant de quitter Kiev*[31], écrit-il à sa mère. Au cours de ce second voyage, Lou et Rilke descendirent la Volga en bateau, passèrent deux ou trois jours dans une isba ; mais leurs rapports commençaient à s'altérer.

*C'est en Russie seulement, au cours de mes deux grands voyages dans ce pays, que j'ai senti ce qu'est une patrie ; j'étais là-bas en quelque sorte chez moi, peut-être parce que le temps, le temporel, y est si peu visible, parce que l'avenir y est toujours déjà présent, et que chaque heure s'écoule plus près de l'éternité. J'ai toujours pensé que je devrais vivre là-bas*[32]...

Ailleurs, plus d'une fois, il parlera de la Russie comme d'un pays ensemble *vaste* et *saint*. Il avait connu l'épreuve de l'École militaire (comparable pour lui, affirme-t-il, à ce qu'avait été le bagne pour Dostoïevski...) ; il avait étouffé dans l'isolement. Il s'était d'abord évadé dans les vagues rêveries de ses premiers poèmes. Maintenant, l'amour de Lou, à la fois mère, sœur et amante, l'avait fortifié, nourri, libéré ; et, sous sa conduite, il découvrait cette immensité où rien ne retenait l'effusion de s'étendre jusqu'à Dieu, puisque la Russie est aussi *le seul pays par lequel Dieu tienne encore à la terre*. Plus que les œuvres d'art de la Renaissance, trop claires et qui, même plus tard, lui parleraient peu, cette étendue sans limites, ce peuple fraternel, humble, patient, qui *supporte*, *devient*, et semble prier un Dieu obscur, l'avaient atteint. C'est dans cet espace qu'allait se déployer le chant monotone de son premier grand livre, *le Livre d'heures* ; la première partie, *le Livre de la vie monastique*, en fut écrite à Schmargendorf, en automne 1899, donc entre les deux voyages, la deuxième, *le Livre du pèlerinage*, à Westerwede, en septembre 1901.

Certes, Rilke n'avait pas vraiment vu ni compris la Russie ; il en avait saisi, intuitivement, certains aspects. Comme ce fut toujours le cas dans ses rencontres avec les livres, les œuvres d'art, les paysages et, dans une certaine mesure, les êtres, il n'en avait accueilli, mais passionnément, que ce qui révélait, précisait certains mouvements essentiels de sa propre nature ; il y avait trouvé ces *correspondances* qui le fortifiaient, lui toujours menacé par le doute, qui l'emplissaient de joie et de gratitude en le confirmant dans sa singularité. Au moins autant qu'il s'est *fait*, dans un mélange spontané d'activité et de passivité, Rilke s'est *laissé faire*, s'est laissé former par ce qui convenait au meilleur de lui-même, en refusant obstinément ce qui l'eût déformé.

Le retour de Russie fut aussi la fin d'un amour. Lou et Rilke avaient des personnalités trop fortes, et trop différentes, pour songer jamais à une vie commune. Lou s'effrayait des abîmes qu'elle entrevoyait chez Rilke et ne pouvait ni ne voulait l'y suivre. Elle n'en devait pas moins rester pour lui jusqu'à sa mort l'être secourable, l'amie maternelle vers laquelle il revenait toujours aux pires moments, à laquelle il confiait plus volontiers qu'à personne ses faiblesses, ses désespoirs. C'est ainsi que de Duino, le 28 décembre 1911, donc peu avant d'écrire la première des *Élégies* qui ont immortalisé ce château, il lui décrira l'aridité de son cœur après l'achèvement des *Cahiers de Malte Laurids Brigge*, évoquant l'éventualité d'une cure psychanalytique (qu'il redoute et dont elle le détournera), et terminera sur ces mots :

*Adieu, chère Lou ; Dieu le sait, ton être aura été la véritable porte par laquelle j'accédai pour la première fois à l'air libre ; maintenant, je reviens pério-*

*diquement m'adosser au montant où nous notions alors les étapes de ma croissance. Accorde-moi cette chère habitude et garde-moi ton affection*[33]...

Lignes qui remettent inévitablement en mémoire le passage de cette autre lettre déjà citée à la même destinataire où il se demandait comment sa mère avait pu être la porte par laquelle il était venu au monde. C'est qu'en effet Lou Andreas-Salomé, en l'aimant, l'avait fait naître une seconde fois ; et ce n'est pas un hasard s'il résolut alors de changer de prénom, en abandonnant René pour Rainer.

Peiné sans doute de la rupture avec Lou, mais peut-être secrètement soulagé, Rilke, en août 1900, accepta l'invitation du jeune peintre Heinrich Vogeler qui lui proposait de venir s'installer à Worpswede, près de Brême. Là vivait une petite colonie d'artistes soucieux de retrouver le contact avec l'espace naturel et la vie simple ; là, Rilke se sentit aussitôt accueilli et adopté, confirmé dans son goût pour le silence et le recueillement dans l'attente patiente d'une rencontre essentielle. Il se montra plus particulièrement sensible au charme de deux jeunes filles, Paula Becker, peintre, et Clara Westhoff, sculpteur. La première, qu'il avait peut-être préférée, épousa bientôt un autre peintre du groupe, Otto Modersohn ; et, en 1901, malgré un solennel avertissement de Lou, où il entrait sans doute quelque jalousie et beaucoup de clairvoyance, Rilke épousa Clara Westhoff. Elle avait été l'élève de Rodin, et c'est par elle que le poète entra pour la première fois en contact avec le sculpteur, sous le signe de qui sa vie allait connaître une nouvelle phase, non moins importante que celle qu'avait inaugurée la rencontre de Lou.

Entre l'automne 1896 et l'automne 1902, dans ces six années dont Munich, l'Italie, la Russie et Worpswede jalonnent le cours, Rilke a encore beaucoup écrit : des nouvelles, des pièces de théâtre, de petits essais, dont l'un consacré aux peintres de Worpswede, de nombreux poèmes réunis dans les *Poèmes de jeunesse (Frühe Gedichte)* et une partie du *Livre des images* ; mais surtout les œuvres mêmes qui ont fondé le plus largement sa renommée : *les Histoires du bon Dieu*, treize contes écrits en une semaine en novembre 1899 et parus en 1900 ; *la Chanson de l'amour et de la mort du cornette Christophe Rilke*, composée en une seule nuit de l'automne 1899 et parue en 1904 sous une forme nouvelle ; enfin les deux premières parties du *Livre d'heures*, écrites également en peu de jours et parues, avec la troisième, en 1905.

Alors que les poèmes antérieurs à 1896 se défont en fumée, on est frappé de constater que les images privilégiées et les thèmes essentiels de Rilke sont déjà présents, pour la plupart, dans ces œuvres. Ce n'est pas sa vie qu'elles nous donnent à lire, ni son portrait qu'elles nous tendent ; mais la substance de son être intérieur commence à s'y recueillir, comme dans un vase aux contours encore incertains.

Jusqu'à sa mort, on ne cessa de proposer à Rilke de nouvelles traductions du *Cornette*, dont les tirages ont aujourd'hui dépassé le million d'exemplaires. Rilke en fut d'abord étonné et fier, puis agacé, non sans raison, puisqu'il savait quels pas sa poésie avait faits ensuite. Ce succès n'en est pas moins compréhensible, tant cette prose écrite en une nuit de tempête a gardé le mouvement même du rêve juvénile et, avec ses défauts, sa fraîcheur :

*En selle le jour, la nuit, le jour.*
*En selle, en selle.*
*Et le courage se lasse, et la nostalgie grandit. Il n'y a plus de montagnes, à peine un arbre. Rien qui ose se dresser. Des cabanes étrangères s'accroupissent, assoiffées, aux fontaines fangeuses. Nulle part une tour. Toujours la même image. On a deux yeux de trop. La nuit seulement, quelquefois, on croit reconnaître le chemin. Peut-être refaisons-nous chaque nuit le trajet que nous avons péniblement conquis sous le soleil étranger ? Peut-être. Le soleil pèse, comme chez nous au cœur de l'été. Mais c'est en été que nous sommes partis. Les robes des femmes ont brillé longtemps dans les verdures. Et nous sommes en selle depuis longtemps. Ce doit être l'automne, donc. Du moins là-bas où des femmes, tristes, savent nos noms*[34].

Bien qu'un peu conventionnelle encore, la figure du jeune cornette qui connaît coup sur coup l'amour et la mort, c'est la première ébauche du héros qui rayonnera dans des pages plus mûres comme un modèle de vie.

Si *les Histoires du bon Dieu* ne vont pas, elles non plus, sans quelques complaisances, leurs thèmes n'en sont pas moins déjà très rilkéens : c'est la pauvreté, la souffrance, c'est surtout le rôle du poète, qui doit être immobile, silencieux, patient, comme les choses, ou comme un artisan qui travaillerait à *réparer* un Dieu que les Églises ont par trop maltraité.

Rilke a toujours vu dans *Le Livre d'heures*, à bon droit, le véritable commencement de son œuvre. Au moment de partir pour Paris, il n'en avait écrit que les deux premières parties. Ces deux premières suites de poèmes, nourries de la rencontre avec la Russie, sont, à l'image de ce pays, un déploiement presque infini d'images et d'émotions d'une densité inégale ; la méditation qui s'esquisse, à partir de ces images et de ces émotions, sur *quelque chose* d'encore vague nommé souvent Dieu, manque certes de rigueur, et se perd plus d'une fois dans l'effusion ou la rêverie. Chercher là les prémices d'une nouvelle religion serait donc assez vain. Mais se refuser à voir dans l'élan du *Livre d'heures* vers ce Dieu pressenti autre chose que pur « esthétisme » ne serait pas une moindre erreur. Il faut, comme toujours, *écouter*, d'une oreille aussi naïve que possible, ce qui essaie de s'énoncer là hors de tout système ; alors, dans un silence comparable à celui où elle s'est risquée voilà soixante-dix ans, on aura quelque chance de percevoir une voix juste, exprimant à merveille le frémissement qui naît du contact immédiat avec les choses, le dehors, l'espace (à condition que d'abord l'âme se soit concentrée), une voix amoureuse de la nuit parce que le jour est trop *sonore* (comme l'Occident, dans un poème de la première version, – c'est-à-dire l'Italie, alors, dans l'esprit de Rilke – s'oppose à la Russie ou aux pays du Nord, qui sont eux, *leise, en sourdine*). Le jour est prodigalité, dissipation, la nuit recueillement et réserve. C'est dans l'obscur, près des racines, dans le « fond » que quelque chose comme Dieu se devine, caché, attendant d'être découvert et, si l'on peut dire, recréé.

Les poèmes du *Livre d'heures*, que Rilke avait d'abord intitulés *Prières* (car c'est un moine qui parle, un peintre d'icônes, mais on peut aussi bien l'ignorer), commencent dans le bonheur d'une proximité obscure et qui semble divine, source naturelle, condition nécessaire du chant :

*Voici l'heure qui penche et qui me touche*
*d'un coup métallique et clair.*
*Je frémis, je me sens pouvoir :*
*je saisis la forme du jour*[35]...

Alors, portés par cet élan premier – libre de toute doctrine et même de toute intention consciente – qui est l'origine du chant (et qu'on ne saurait oublier sans trahir celui-ci), les poèmes peuvent accueillir ou, s'il le faut, poursuivre les images. Comme le vent court dans l'immense steppe russe sans rencontrer d'obstacles, l'âme à la rencontre des images ne semble retenue par rien. Ainsi, pour décrire ces poèmes, a-t-on tout naturellement recours à deux catégories opposées d'images : celles qui disent l'immobilité, le recueillement, l'accueil, la lente maturation (l'arbre, le fruit, le moine dans sa cellule), et celles qui disent l'élan, le mouvement, le passage (l'oiseau, le vent, le pèlerin). Pour Rilke comme naguère pour Hölderlin, il y a une bonne et une mauvaise immobilité, un mouvement bon et un autre mauvais. La mauvaise immobilité, c'est le figement des définitions, des doctrines, des dogmes (par quoi le Divin se corrompt) ; le mauvais mouvement, c'est la hâte, l'agitation vaine, la dispersion qui égarent loin de son centre l'homme moderne. La bonne immobilité, c'est la patience, l'attente, l'ouverture, le bon mouvement, ou le mouvement *pur*, c'est l'élan désintéressé, sans but (Rilke dira plus tard le *risque*) qui met en rapport le proche et le lointain. Ces deux formes de vie possibles restent présentes dans toute l'œuvre, où elles sont aussi des formes d'expression qui peuvent se combiner selon des dosages divers : l'immobilité, la concentration prévalant dans les *Nouveaux poèmes*, l'élan dans les *Élégies de Duino*.

Ces images qui affluent vers le silencieux désignent aussi, essentiellement, deux autres modes opposés de la vie : la vie creuse, morcelée, divisée, et la vie pleine (opposition qui se prolonge également dans les œuvres postérieures). Le regard de Rilke, bien qu'il soit encore trop prompt à se détourner de l'insoutenable pour errer dans un infini rassurant, commence à affronter la détresse humaine, sans sombrer dans l'expressionnisme de ses premiers drames :

*... Car ne crois pas que ce soit vanité*
*si je te dis que nul ne vit sa vie.*

*Les hommes sont hasards, voix et débris,*
*angoisses, jours de tous les jours, piètres bonheurs*
*déguisés dès l'enfance, travestis,*
*masques majeurs, mais visages muets.*

*Je rêve qu'il doit être des musées*
*où se conservent ces multiples vies*
*comme armures, litières ou berceaux*
*dont nul être réel n'a fait usage*
*ou des costumes qui ne tiennent pas*
*tout seuls, et qui s'affaissent en frôlant*
*de puissants murs voûtés de pierre.*

*Et quand je sors, le soir, toujours plus loin*
*de mon jardin pour fuir ma lassitude,*
*je sais qu'alors mènent tous les chemins*
*à l'arsenal des choses invécues*[36]...

Mais à ces fragments, à ces déchets de vies, à ce vide, répondent comme une promesse les images, nombreuses, de la plénitude : la rondeur close du fruit, plus féconde que la prodigalité de la fleur (l'Italie, par exemple, a été toute floraison, et c'est des mondes lents et silencieux comme la Russie ou le Nord qu'il faut attendre le fruit, opposition qui ne trouvera son expression définitivement rayonnante que dans la *Sixième Élégie*), image entre beaucoup du *cercle* parfait de l'Être (*Rien de plus sage que le cercle*, dit un personnage des *Histoires du bon Dieu : Le Dieu qui s'est sauvé devant nous dans les cieux, nous reviendra par la terre*[37]...).

Image plus persuasive encore quand elle parvient à marier mouvement et immobilité, fermeture et ouverture, comme les cercles toujours plus larges qu'on voit se former sur l'eau :

*Je vis ma vie en cercles de plus en plus grands*
*qui sur les choses s'étendent.*
*Peut-être ne pourrai-je achever le dernier,*
*mais je veux en faire l'essai.*

*Je tourne autour de Dieu, la Tour première*[38]...

vers où se trouve saisi le mouvement même du *Livre d'heures*, effusion, expansion sans limites autour d'un centre (et Rilke a reconnu plus tard avoir eu le sentiment qu'un tel livre aurait pu se continuer indéfiniment) ; image à laquelle s'apparente celle de la fontaine, de toutes les *pures preuves* de l'Être, de tous les modèles de poésie et de vie celui qui a peut-être le mieux comblé Rilke, et qui surgit ici à la fin d'un passage chargé d'émotion où il est dit que poètes et amants ne font que recueillir des images, et des instants, pour Dieu :

*... Ainsi le superflu des choses afflue en toi.*
*Et comme les bassins supérieurs des fontaines*
*vont débordant, telle une chevelure*
*dénouée, dans la vasque la plus basse,*
*la plénitude coule en tes vallées*
*quand débordent les choses et les pensées*[39].

Il est un équivalent de la fontaine, plus naturel, plus élémentaire, dont l'image pénètre encore plus profondément en nous : c'est la pluie, et surtout la pluie fertile du printemps, qui dessine elle aussi un cercle vertical, unissant la terre et le ciel. Le Dieu que les Églises ont chassé dans le ciel, les derniers vers du *Livre du pèlerinage* l'invoquent comme un être qu'un geste trop impatient aurait jadis fait éclater dans l'espace et qui retomberait maintenant,

*... monde pulvérisé,*
*des étoiles les plus lointaines sur la terre*
*tendrement, comme la pluie au printemps tombe*[40].

Quand il lui faudra clore son œuvre majeure, celle qui aura pour tâche d'affirmer, à partir et en dépit d'une condition presque invivable, la totalité de l'Être, quand il parviendra aux derniers vers de la dernière *Élégie de Duino*, Rilke n'ira pas chercher d'autre signe ; mais il aura très lentement appris à le faire encore plus simple, donc plus proche et plus indubitable :

*Mais si les infiniment morts en nous éveillaient une*
*[image,*
*peut-être nous désigneraient-ils, vois, les chatons*
*qui pendent au noisetier vide, ou bien*
*la pluie qui tombe sur le sombre empire de la terre,*
*[au printemps*[41]*...*

Qu'est-ce donc que ce Dieu, si souvent nommé, et de tant de noms (de trop de noms) par le moine un peu trop fervent du *Livre d'heures* ? Ne se confond-il pas avec trop de choses (et même avec la bien-aimée, avec Lou vers qui s'élevèrent d'abord ces prières) pour que nous n'en éprouvions pas quelque méfiance à son égard ?

Il n'est en tout cas pas, bien que ce soit un moine qui le cherche et lui parle, le Dieu des chrétiens, le Dieu qui s'est incarné dans le Christ, à travers qui il a fait irruption dans l'histoire humaine pour en modifier le cours dans un sacrifice insensé, une rupture proprement impensable de l'ordre rationnel, le Dieu du péché et du salut, le Dieu de la souffrance et de la charité. Cette rupture, cette irruption sont ce que l'on peut concevoir de plus étranger à la nature de Rilke, pour qui le temps était le premier ennemi, qu'il chercha toujours à dompter en le convertissant en espace, et qui avait cru trouver en Russie une patrie parce que ce pays lui paraissait étranger au temps. Le Dieu du *Livre d'heures*, il est vrai, change ; c'est un Dieu encore inachevé, que les poètes ont pour tâche d'aider à *bâtir* ; mais sa croissance est surtout spatiale, elle exclut toute rupture, et si le Dieu *chassé au ciel* doit bien redescendre sur la terre, loin que ce soit au prix de la Passion, ce sera, *tendrement, comme la pluie au printemps tombe...*

(Dès 1896, dans une courte prose intitulée *l'Apôtre*, d'ailleurs très nietzschéenne d'accent, Rilke avait exprimé violemment son hostilité envers le Christ, en qui il voyait lui aussi l'*éternel voleur des énergies*. Puis, dans le cycle des *Visions du Christ*, un peu plus tardif, d'un réalisme pathétique très éloigné de l'atmosphère du *Livre d'heures* et qui se retrouvera, sous une forme beaucoup plus pure, plus sûre et plus puissante, dans *Malte*, puis, encore transformé et approfondi, dans les moments âpres des *Élégies*, – il l'avait montré comme un homme entre les hommes, victime mélancolique, d'une pitoyable impuissance. Ce refus devait s'aggraver encore avec les années. C'est que le Christ était bien celui par la mort de qui le monde de la fusion magique, rêvé par Rilke, se trouvait, selon les points de vue, surmonté heureusement ou malencontreusement détruit.)

Ce centre, ce fond, ce silence, cette obscurité nommés Dieu, on devine bien que c'est de là que naît le chant, quand le poète-moine est assez attentif et assez humble pour l'accueillir ; ces images de la plénitude, de l'immobilité féconde ou du pur élan, ces tours, ces arbres, ces fruits, ces fontaines, on voit bien que toutes peuvent êtres comprises comme des *modèles de poèmes* accomplis. Faut-il donc reconnaître que ce *chercheur de Dieu* ne fait déjà que chercher la poésie, qu'il confondrait avec la prière, que ce qui ressemble le plus à son Dieu, c'est l'art, et qu'en fin de compte, l'affreux terme d'« esthétisme » aurait ici sa place ? En fait, ce genre de termes, la seule entente naïve du chant suffit à l'expulser de son espace, comme étant d'un autre ordre et n'ayant ici rien à faire. Mais il est vrai que ce que Rilke nomme alors Dieu (à l'égard de quoi il sera infiniment plus réservé plus tard) est saisi par lui au plus intime de l'expérience poétique (qui est, comme le cloître, à la foi clôture et ouverture), que cela se confond avec la montée de la voix en lui ; il est vrai que ses images préférées, qui sillonnent l'œuvre de bout en bout, sont aussi, ou d'abord, les modèles d'un art poétique. Il faut seulement prendre garde à l'ordre des termes : au lieu de prétendre que Rilke, dès *le Livre d'heures*, réduit Dieu à la poésie, et fait aboutir le monde à un poème, il faut comprendre qu'il voit dans la poésie – en un temps où le sacré s'efface ou se dérobe – un mouvement vrai vers le Divin, et dans les images des signes du Divin. Il faut comprendre que ce qui est chez lui, en effet, modèle de poème, est toujours modèle de vie ; et que, s'il révère la tâche poétique comme d'autres l'office religieux et d'autres encore l'action, c'est qu'il espère, c'est qu'il veut manifester dans le poème quelque chance de guérison de l'Être blessé ; c'est que le poème doit dire, par son existence au moins autant que par son énoncé : « Il y a, d'une manière ou d'une autre, en dépit de toutes apparences, de l'Être ; il y a une Totalité à laquelle il nous arrive d'avoir part. »

En 1923, Rilke, cherchant une fois de plus à saisir son rapport au Divin, expliquera à l'une de ses correspondantes, en recourant encore à l'image privilégiée de la pluie, que ce qui se passe en lui désormais *n'est peut-être pas autre chose que ce qui se produisait dans certains passages du* Livre d'heures, *cette montée de Dieu comme une haleine du cœur, qui fait que le ciel se couvre, et sa retombée comme pluie*[42]. Le cœur, la terre, les nuées ; le souffle et la pluie qui les unissent ; le Dieu que ces liens figurent : c'est vers ces *éléments* que la poésie de Rilke, encore encombrée de facilité, de ferveur vague, d'apitoiements, est dès à présent en chemin.

Le 27 septembre 1900, à Worpswede, Rilke note dans son *Journal : Deux choses sont sûres : je dois beaucoup apprendre de ces êtres* [les artistes de Worpswede], *être attentif, en alerte, et plus reconnaissant envers tout ce qui m'entoure. Et la seconde : je dois absolument, après Noël, aller à Paris, regarder des tableaux, rendre visite à Rodin et rattraper une infinité de choses à quoi ma solitude m'a rendu étranger. Mon voyage de Russie avec ses pertes quotidiennes m'est une preuve – infiniment angoissante – de l'immaturité de mes yeux… Et si je dois apprendre des êtres, ce sera de ceux-ci, si proches des paysages que leur proximité ne m'angoisse pas, mais m'effleure d'images dont je vis prodiguement. Et comme ils m'aiment*[43]…

On comprend qu'après la rupture avec Lou, il ait goûté cet équilibre, et cru, à sa faveur, en la possibilité d'une vie commune avec Paula, ou Clara. Le 11 décembre 1901, Clara mit au monde une fille, Ruth. Les soucis matériels devenaient pressants ; des difficultés plus secrètes se cachaient peut-être derrière eux. Le 19 août 1902, Rilke annonce à un ami qu'il va partir pour Paris, où sa femme devrait le rejoindre, et qu'après la monographie qu'on lui a commandée sur Rodin, il cherchera un travail de journaliste… ou achèvera ses études à Breslau. Autant de projets qui resurgiront à chaque crise, chaque fois plus irréalisables.

Néanmoins, quels que pussent être les doutes, les erreurs, les difficultés à venir, Rilke était devenu Rilke ; derrière ses incertitudes et ses dérobades se dissimulait une surprenante énergie. Déjà il avait pris fermement position, comme le montre la conférence prononcée sous ce titre à Prague, en 1898, sur la Poésie moderne[44] où il situe l'art à égale distance du dilettantisme et de l'engagement, et avoue sa méfiance à l'égard des expérimentateurs comme Arno Holz : *Tout inventeur finit par ne plus voir que son invention et devenir exclusif.* Certes, il avait encore trop écrit, durant ces six années, notamment nombre de nouvelles et de drames ; dès 1902, il abandonnera définitivement ces deux genres.

Son autoportrait le plus fidèle, à la veille du départ pour Paris, c'est *le Liseur*, écrit à Westerwede en septembre 1901, et qui sera recueilli dans *le Livre des images* :

*Et si je lève maintenant les yeux du livre,*
*rien ne sera dépaysant, tout sera grand.*
*Dehors est tout cela que je vis ici dedans,*
*ici et là tout est illimité ; sinon*
*que je m'y tresse plus étroitement encore*
*quand mes regards vont s'accordant aux choses*
*et à la simplicité grave des volumes :*
*alors la terre croît au-delà d'elle-même.*
*Elle semble embrasser le ciel entier :*
*et la première étoile est comme la dernière maison*[45].

## Sous le signe de Paris

*Faire des choses avec de l'angoisse*[46].

*Peut-être que je marche à travers de lourdes*
*[montagnes,*
*dans des veines arides, seul comme un minerai ;*
*et si bas que je ne vois plus de fin,*
*plus de lointain : tout s'est fait proche*
*et, proche, s'est fait pierre*[47]*...*

C'est en avril 1903, au cours d'un bref séjour à Viareggio, que Rilke, âgé de vingt-huit ans, écrit ces vers qui ouvrent la troisième partie du *Livre d'heures*, *le Livre de la pauvreté et de la mort.* Pourquoi le Dieu des deux premiers livres, qui était espace obscur, mais libre et vaste, est-il devenu pierre, montagne ? À quel mur Rilke, qui n'invente jamais rien, s'est-il heurté ? Ces autres vers du même livre le disent :

*Car les grandes villes, Seigneur,*
*sont maudites et se désagrègent ;*
*la plus grande n'est que fuite devant les flammes,*

*il n'est pas de consolation qui les console*
*et leur temps mesquin est compté.*

*Là dans des chambres basses, avec angoisse,*
*plus farouches que des troupeaux de jeunes bêtes,*
*des hommes vivent dans la peine, mal ;*
*quand la terre dehors veille et respire,*
*eux, qui vivent pourtant, l'ont oublié*[48]...

Rilke s'est heurté à Paris, et d'abord, comme Kleist un siècle environ plus tôt, il a été rempli de stupeur et d'angoisse. À Clara, restée en Allemagne et la principale destinataire, alors, de ses lettres, il écrit, le 31 août 1902, trois jours après son arrivée : ... *Paris, qui est vraiment une grande ville étrangère, très, très étrangère pour moi. Les hôpitaux qu'on voit ici partout m'angoissent. Je comprends pourquoi ils reviennent sans cesse chez Verlaine, chez Baudelaire et Mallarmé. Dans toutes les rues on voit des malades qui s'y rendent, à pied ou en voiture. On les voit aux fenêtres de l'Hôtel-Dieu dans leur étrange costume, le triste et blême uniforme de la maladie. On devine tout à coup qu'il y a dans cette immense ville des régiments de malades, des armées de mourants, des peuples de morts.*

*Je n'avais encore éprouvé cela dans aucune ville, et il est étrange que je l'éprouve justement à Paris où (comme l'écrivait Holitscher) le besoin de vie est plus fort que partout ailleurs. Le besoin de vie, est-ce... la vie ? Non, la vie est quelque chose de calme, de vaste, de simple. Le besoin de vie est hâte et chasse. C'est le besoin d'avoir la vie, tout de suite, tout entière, en une heure. C'est de cela que Paris est plein et c'est pourquoi il est si près de la mort. Une ville étrangère, étrangère*[49]...

Cette présence oppressante de la misère, de la déchéance, de la mort, en même temps que ce tumulte d'une pseudo-vie qui ont d'abord défini Paris aux yeux de Rilke, le livre qu'il va écrire au cours de ces années pour les affronter et, si possible, les surmonter, *les Cahiers de Malte Laurids Brigge*, en a donné une traduction d'une intensité presque insoutenable :

*À présent que je suis à l'abri, dans ma chambre, je vais essayer de réfléchir tranquillement à ce qui m'est arrivé. Il est bon de ne rien laisser dans le vague. Donc, j'entrai, et d'abord je vis que quelqu'un occupait la table à laquelle j'ai coutume de m'asseoir. Je saluai dans la direction du comptoir, commandai mon repas et m'assis là auprès. Mais aussitôt, bien qu'il ne bougeât pas, je le sentis. C'est précisément son immobilité que je sentis et que je compris tout d'un coup. Un courant s'établit entre nous, et je connus qu'il était raide de terreur. Je compris que la terreur l'avait paralysé, terreur de quelque chose qui se passait en lui-même. Peut-être que, en lui, un vaisseau se rompait ; peut-être qu'un poison, longtemps redouté, en ce moment précis envahissait le ventricule de son cœur ; peut-être un grand abcès éclatait-il dans son cerveau, comme un soleil qui lui changeait l'aspect du monde. Avec un indicible effort, je me forçai de regarder de son côté ; car j'espérais encore que tout cela était imaginaire. Mais alors je bondis de dessus ma chaise, et me précipitai au-dehors ; car je ne m'étais pas trompé. Il était assis là, dans un épais manteau noir, et son visage convulsé, tout gris, s'enfonçait dans un cache-nez de laine. Sa bouche était pesamment close ; quant à ses yeux, il n'était pas possible de dire s'ils y voyaient encore : des lunettes aux verres fumés et embués les cachaient et tremblaient un peu. Ses narines étaient distendues, et les grands cheveux sur ses tempes vidées se fanaient comme sous l'effet d'une trop grande chaleur. Ses oreilles étaient longues, jaunes, jetant de grandes ombres derrière elles. Oui, il savait qu'en ce moment il s'éloignait de tout ; pas seulement des hommes. Un instant encore, et tout va perdre son sens, et cette table, et cette tasse et cette chaise à laquelle il se cramponne, tout le quotidien et le proche va devenir incompréhensible, étranger, et clos. Ainsi il était là, il attendait que ce fût consommé. Et ne se défendait plus*[50].

Dans ce Paris-là, il n'est plus un endroit où échapper à la terreur : *L'existence du terrible dans chaque parcelle de l'air. Tu le respires avec sa transparence ; et il se condense en toi, durcit, prend des formes pointues et géométriques entre tes organes ; car tous les tourments et toutes les tortures accomplis sur les places de grève, dans les chambres de la question, dans les maisons de fous, dans les salles d'opération, sous les arcs des ponts en arrière-automne : tous et toutes sont d'une opiniâtre indélébilité, tous subsistent et s'accrochent, jaloux de tout ce qui est, à leur effrayante réalité. Les hommes voudraient pouvoir en oublier beaucoup ; leur sommeil lime doucement ces sillons du cerveau, mais des rêves le repoussent et en retracent le dessin. Et ils s'éveillent, haletants, et laissent se fondre dans l'obscurité la lueur d'une chandelle et boivent comme de l'eau sucrée cette demi-clarté à peine calmante. Car, hélas, sur quelle arête se tient cette sécurité ? Le moindre mouvement, et déjà le regard plonge au-delà des choses connues et amies, et le contour, tout à l'heure consolateur, se précise comme un rebord de terreur*[51]...

Aussi n'est-il pas surprenant que Rilke ait écrit à Lou, en 1903, que l'expérience de Paris était pareille, pour lui, à celle de l'École militaire, et suscitait dans son cœur le même effroi étonné devant *ce qu'on appelle la vie*. C'est de nouveau le heurt contre l'indéchiffrable obscurité du monde, mais cette fois multiplié à l'infini : chaque bruit, chaque rencontre, traverse le poète, le déchire, menace de le terrasser. Mais, s'il s'était réfugié, enfant, dans des rêves sans consistance, si le jeune écrivain avait trouvé asile dans l'immensité russe puis dans la chaude communauté de Worpswede (avec l'espoir, un instant, d'une vie *normale*), le Rilke de 1902, que chaque année fortifie intérieurement, trouve, contre l'annihilation, l'étouffement dans cette montagne de pierre, une défense plus rude, mais plus efficace : l'exemple de Rodin, auprès de qui une commande d'un éditeur d'art devait lui permettre de vivre quelques années.

À Norbert von Hellingrath, le jeune éditeur de Hölderlin, en séjour à Paris, Rilke écrira, le 13 février 1912 :

... *plus d'une fois je m'étais demandé si Paris vous était absolument nécessaire. [...] Sans doute l'ai-je fui littéralement plus d'une fois, mais à peine étais-je en sécurité qu'il m'offrait, rendu inoffensif par la distance, une image nette et durable dans laquelle, le courage revenu, je découvrais et reconnaissais des motifs qui me concernaient de si près qu'une fois retourné là-bas, j'avais toujours l'excuse de n'y être qu'à cause d'eux. Je comprends bien aussi, à présent, que sa multiple complétude, dans laquelle tout paraît s'entre-abolir au point qu'il n'en reste plus qu'un flottement, une vibration entremêlés dans l'air, une sorte de tentation de quelque chose qui viendrait de disparaître à l'instant, – que cette multiplicité, inaccessible d'être si complète, cet essaim bourdonnant, jamais je n'aurais pu me le rendre profitable si Rodin ne me l'avait fait d'abord totalement oublier. C'est grâce à lui, grâce à son œuvre vivante, sur cette colline presque champêtre dominant Sèvres, que je m'accoutumai à l'être incommensurable qu'il avait affronté si différemment ; il l'amenait, à demi dompté, tout près de moi ; et, tandis qu'il me permettait de flatter la crinière de son Paris, le pressentiment se formait peu à peu en moi de l'espèce de sauvagerie, de danger et de bond que je pouvais attendre du mien*[52]*...*

Comment Rodin a-t-il pu peser, sur la subtile balance intérieure de Rilke, aussi lourd que l'horreur d'une ville apparemment vouée à la mort ? La réponse est dans cette lettre du 8 août 1903 à Lou Andreas-Salomé : *Dès la première fois que j'allai voir Rodin et déjeunai chez lui, à Meudon, avec des gens qu'on ne vous présentait pas, étrangers réunis à une même table, je compris que sa maison n'était rien pour lui, une misérable nécessité peut-être, un toit pour s'abriter de la pluie et dormir dessous ; que ce n'était pas un souci pour lui, ni pour sa solitude et son recueillement un fardeau. Il avait tout au fond de lui l'obscurité, le refuge et le calme d'une maison, et lui-même était le ciel par-dessus, était la forêt tout autour, et l'étendue, était le fleuve qui coulait à jamais devant. Quel solitaire, ce vieillard abîmé en lui-même, debout, plein de sève, comme un vieil arbre en automne. Il s'est fait profond ; il a creusé une profondeur à son cœur, dont les battements viennent de loin, comme du centre d'une montagne*[53].

Si la montagne peut être cette masse de souffrance anonyme en quoi Paris s'est résumé d'abord aux yeux de Rilke, elle est aussi, inversement, la pesanteur souveraine d'une œuvre immense qui, précisément, lui fait contrepoids. L'hymne à Rodin retentit encore dans mainte lettre à Clara (ces lettres qui témoignent, non moins que les œuvres de cette période, d'un approfondissement du regard et d'un affermissement de l'expression également admirables) ; ainsi dans celle du 20 septembre 1905 : ... *Que sont toutes les vacances, toutes les journées en forêt ou à la mer, toutes les tentatives de vie saine, et la pensée de tout cela, en face de cette forêt, de cette mer, du repos incroyablement confiant dans son regard qui tient et qui porte, en face du spectacle de sa santé et de sa sûreté. Tout cela est grondant d'énergies qui vous inondent, il vous vient une joie de vivre, un don de vivre dont je n'avais aucune idée*[54]...

Le Dieu puissant, obscur, sans limites, que Rilke avait vu en germe dans le cœur et dans l'espace russes, le Vieillard souverain du *Livre d'heures*, il le trouve, au moment même où la violence de la réalité risque de l'anéantir, incarné en Rodin, inépuisable créateur de « choses » d'art.

Ce que Rilke voit dans l'œuvre de Rodin, défiant le temps comme une cathédrale, c'est le modèle même de ce qu'il devrait faire avec les mots, de ce qu'il n'a pas su faire jusqu'alors : transformer l'angoisse en *choses* d'art, en statues, en tableaux, en poèmes. Or, il ne peut espérer y parvenir, et Rodin le lui dit expressément, que par le *métier*, par une modification radicale de sa méthode de travail. (Déjà, dans l'ébauche du *Livre de la vie monastique*, en 1899, il avait noté, en marge d'une des prières : *Là, le moine est presque devenu un artiste. Bien qu'il se laisse encore bâtir par ses vers au lieu de les bâtir*[55]). L'exemple de Rodin, c'est le travail sans relâche, à tout moment, c'est la patience de l'artisan. Mais où est l'outil, le marteau de son art à lui ? Lou Andreas-Salomé, toujours clairvoyante, lui rappelle que le langage ne se traitera jamais comme de l'argile. Cependant, l'essentiel de ses convictions s'affirme ; et c'est donc, en premier lieu, que l'art n'est pas une activité illégitime :

*L'objet est déterminé, l'objet d'art doit l'être davantage encore ; soustrait au moindre hasard, à la moindre incertitude, sorti du temps et confié à l'espace, il est devenu durable et apte à l'éternité. Le modèle n'est qu'apparence, l'objet d'art existe. Ainsi celui-ci constitue l'indicible progrès sur celui-là, dans le fait d'être la silencieuse et croissante réalisation du désir d'être qui dans la nature monte à partir de toutes choses. De la sorte est écartée l'erreur qui voulait faire de l'art le métier le plus arbitraire et le plus prétentieux ; il est l'acte le plus humble de servir, et tout entier soutenu par la loi*[56].

C'est ensuite, et surtout, cette profession de foi décisive, et qui restera vraie jusqu'à la fin : *O Lou, dans un poème qui me réussit, il y a beaucoup plus de réalité que dans n'importe quelle relation, ou inclination que je puisse ressentir ; là où je crée, je suis vrai, et j'aime-*

*rais trouver la force de fonder ma vie totalement sur cette vérité-là, sur cette simplicité et cette joie infinies qui parfois me sont accordées*[57].

Musil, dans son hommage à Rilke de 1927, jugeait particulièrement admirable la façon dont sa poésie, de « porcelaine » qu'elle était d'abord, s'était faite « marbre ». Cette transformation est le fruit des leçons de Rodin ; mais ces leçons furent confirmées, élargies encore par l'exemple de Baudelaire et de Cézanne.

Rilke a vu pour la première fois des Cézanne en novembre 1900, à Berlin ; à celle qui n'est encore que Clara Westhoff, il ne manque pas de citer, parmi les *belles choses* qu'il vient de voir, *les tableaux d'un singulier Français, Cézanne*[58]. Mais c'est au Salon d'automne de 1907 qu'il l'a vraiment découvert. Il écrit, toujours à Clara, le 7 octobre : *Dans les expositions, tu le sais, j'ai toujours trouvé les allées et venues des visiteurs beaucoup plus dignes d'attention que les peintures. Il en va de même dans ce Salon d'Automne, à l'exception de la salle Cézanne. Là, toute la réalité est de son côté*[59]... Deux jours plus tard, il revient longuement sur Cézanne, exalte sa passion du travail, sa solitude, et affirme que les véritables saints d'un pareil peintre sont les *choses* qu'il peint, qu'il force à signifier toute la beauté du monde. C'est un héros de l'art, mais le contraire d'un esthète : une sorte d'artisan, bourru, maladroit à certains égards, et qui *ne choisit pas* ses sujets. C'est à propos de ce refus du choix que Baudelaire intervient : *Tu te souviens sûrement*, écrit-il à Clara le 19 octobre, *du passage des* Cahiers de Malte Laurids *où il est question de Baudelaire et de son poème*, la Charogne. *J'en suis arrivé à penser que, sans ce poème, l'évolution vers le langage objectif que nous croyons reconnaître maintenant en Cézanne, n'aurait jamais pu commencer ; il fallait d'abord qu'il fût là, impitoyable. Il fallait que le regard de l'art eût pris sur lui de voir dans le terrible même et ce qui ne paraît que répugnant, la part d'être, valable autant qu'aucune autre. Pas plus qu'un choix ne lui est permis, il n'est loisible au créateur de se détourner d'aucune existence ; un seul refus, à quelque moment que ce soit, le prive de l'état de grâce, le rend absolument coupable*[60]*...*

Au temps du *Livre d'heures*, avoue-t-il encore à Clara le même mois, *je marchais ; je voyais, non pas la nature, mais les visions qu'elle m'inspirait*[61]*...* Maintenant, il apprend à *voir* et à *faire*.

Les résultats de cet apprentissage, ce sont des poèmes qui viennent enrichir un recueil commencé antérieurement, *Le Livre des images*, et, surtout, ce recueil en deux parties parallèles intitulé simplement *Nouveaux poèmes*. La première partie, écrite entre 1903 et 1907, a paru en décembre 1907 ; la seconde, écrite entre 1907 et 1908, en novembre 1908. Près de deux cents poèmes en tout. On est loin des prières ininterrompues du *Livre d'heures*, composées en quelques jours dans le recueillement et la ferveur. *Ce livre est travail, passage de l'inspiration qui vient toute seule à celle qu'on appelle et qu'on retient. Comment le nommer*[62] *?...* À un lecteur, le baron Uexküll, qui regrettait le ton du *Livre d'heures*, Rilke répond, le 19 août 1909 : *Ne croyez-vous pas, cher ami, que* le Livre d'heures *était déjà tout imprégné de la résolution dans laquelle (partialement, si vous voulez) je me suis affermi ? Ne pas tenir l'art pour un choix opéré dans* *le monde, mais pour la transformation intégrale de celui-ci en splendeur*[63].

Les *Nouveaux poèmes* sont en effet un livre de *travail*, né de *l'inspiration qu'on appelle et qu'on retient*, un effort de *transformation intégrale* du monde. Ils sont un long exercice du regard et de la main, et qui n'eût pas été pensable sans la France, sans la découverte d'un univers *plastique* très différent de celui, germanique ou slave, dans lequel Rilke avait d'abord vécu. Cette influence est lisible dès l'énoncé des titres du recueil, dont beaucoup (sans parler des poèmes qui prennent pour sujets des sculptures : *Torse archaïque d'Apollon, Bouddha, l'Ange du méridien*) pourraient être des titres de tableaux. Le regard qui, jusqu'alors, ne s'était ouvert qu'aux visions intérieures, ou peu s'en faut, se fixe, avec intensité, sur des *motifs* limités, précis : une panthère, des gazelles, un hortensia, un luth ; il saisit des sites (et ce sont surtout des villes d'art : Venise ou Bruges) ou des scènes (les unes tirées de la réalité parisienne comme dans *Malte* ou chez Baudelaire, les autres imaginées en puisant dans l'Ancien Testament, l'Antiquité ou les légendes du Moyen Âge). Aux perspectives vastes et vagues, au clair-obscur diffus du *Livre d'heures* succèdent des traits subtils ; le vocabulaire, grâce au dictionnaire de Grimm promu instrument de travail, s'enrichit de mots rares ; l'harmonie, parfois précieuse, se complique, se raffine :

*Les flamants roses*
*Paris, Jardin des Plantes*

*Dans des miroitements comme de Fragonard*
*il n'est donné, de leur blancheur rosée,*
*rien de plus que si tel te disait*
*de son amie : elle était encore*

*très douce de sommeil. Car dans la verdure*
*dressés, légèrement tournés sur leurs tiges rosées,*
*groupés comme un parterre en fleurs, ils se*
*[séduisent,*
*plus séduisants encore que Phryné,*

*eux-mêmes ; puis, dans un fléchissement du col,*
*la pâleur de leurs yeux s'enfouit dans leur duvet*
*où se cachent le noir et le rouge pulpeux.*

*La jalousie soudain hurle dans la volière ;*
*mais eux, surpris, se sont dressés,*
*puis, un à un, vont vers l'Imaginaire*[64].

Ce travail de modelage, d'affermissement et surtout de concentration sur un objet donné, grâce auquel Rilke espérait échapper aux intermittences de l'inspiration, toujours si redoutables au poète (et il y parvint en effet dans une certaine mesure durant ces années-là), cette intrusion d'éléments plastiques dans la poésie, c'est ce qu'il y a de plus visible dans les *Nouveaux poèmes*. De ce fait, c'est aussi la part de l'œuvre de Rilke qui a été la première accessible et qui est restée longtemps la plus chère aux lecteurs français ; par contrecoup, c'est la part qui devait sembler la moins « rilkéenne » aux critiques attachés surtout au poète inspiré, jusqu'à être condamnée par certains comme un effort étranger à sa vraie nature.

Il est vrai que le *travail* y est quelquefois trop visible (celui de la main, mais aussi celui du regard) ; et que Rilke devait bientôt mieux mesurer le danger de puiser ses thèmes dans le monde de la culture. On peut donc reconnaître que les *Nouveaux poèmes* constituent, plus que ses autres livres, une simple « étape » de l'œuvre ; mais il suffit d'y regarder de plus près pour s'assurer qu'ils n'en obéissent pas moins au mouvement propre de cette poésie, dont ils constituent seulement un *état* plus fermé et plus consciemment élaboré.

Même les poèmes apparemment les plus proches de l'art plastique n'ont rien à voir avec des œuvres de parnassiens. Même quand il tend à l'objectivité, Rilke reste surtout attentif aux rapports entre le dedans et le dehors, entre le concret et l'abstrait, entre le cœur et le monde. Même quand il tend à un art plus clos, le poème reste, merveilleusement, ouvert :

*Souffle premier de la mer,*
*vent de mer la nuit,*
*vers aucun venu ;*
*quelqu'un veille-t-il,*
*il lui faut songer*
*comment t'affronter :*
*souffle premier de la mer*
*qui sembles ne souffler*
*que pour la pierre première,*
*irruption au loin*
*rien que d'espace...*

*... Ô comme il te comprend*
*ce figuier grandissant*
*haut sous la lune*[65].

Plus que cela : ces « sujets » dont beaucoup déconcertent au sortir du *Livre d'heures : Léda, Apparition de Samuel à Saül, le Stylite*, loin de n'être que les traces d'un effort d'art, traduisent eux aussi, presque tous, les rêves les plus profondément rilkéens. Comme les images en mouvement du *Livre d'heures*, ils désignent, sous cette forme plus close, des *modèles d'être*. Les figures de l'Ancien Testament, par exemple, opposent leur intégrité, leur puissance, leur insertion dans le Tout, au morcellement et à l'irréalité de l'être aujourd'hui. Et, un peu partout, sont saisis des signes qui aident à comprendre le monde et à le vivre. Ainsi le *sourire*, cette ouverture dans le visage qui est promesse ou chance d'échange, en apparaissant, approfondit ce qui ne serait qu'un tableau presque trop réussi, *le Manège* :

*Et parfois un sourire, tourné vers vous,*
*radieux, qui éblouit et qui prodigue*
*en ce jeu aveugle, hors d'haleine*[66]...

Ce sourire qui reparaît dans une belle « scène grecque », *Alceste*, où la mort et la jeune fille sont liées comme elles le seront encore si souvent chez Rilke :

*... Mais une fois encore*
*il vit la face de la jeune fille qui se tournait*
*avec un sourire clair comme un espoir*
*qui presque était une promesse : adulte,*
*de revenir de la profonde mort*
*vers lui vivant*[67]...

préfigure l'accomplissement du signe dans la *Cinquième Élégie* où le sourire *aveuglément sourire* de l'acrobate martyr devient le *simple*, l'herbe qui le guérira peut-être de son mal.

Ces deux livres qu'on aurait pu, sur la foi des titres, attribuer à un parnassien (ou à une sorte de prédécesseur de Ponge si l'on s'en tenait trop étroitement à la formule de « poème-chose », *Dinggedicht*, qui définit leur effort d'objectivation), apparaissent donc à un lecteur plus attentif comme une nouvelle variante de ce rassemblement de *signes* qu'est l'œuvre du poète pragois. Et s'il y a peint tant de natures mortes et de scènes, s'il s'y est même accordé la place d'un autoportrait, il s'y est révélé mieux encore dans le choix de ces signes.

Il arrive que l'on accuse Rilke de « narcissisme ». Et il est vrai que la rose, le signe auquel il est sans cesse revenu, dont il a choisi plus tard l'une des leçons pour son épitaphe, il l'a nommée un jour, dans un poème français, *Narcisse exaucé* ; mais le sens généreux, rayonnant de ce narcissisme, qui n'a plus en commun avec sa forme pathologique que sa lointaine origine, c'est la fin d'un des *Nouveaux poèmes* qui l'énonce clairement :

*Ne sont-elles pas toutes ainsi, ne contenant que soi,*
*si se contenir dit : transformer le dehors,*
*le vent, la pluie et la patience du printemps,*
*l'inquiétude, l'erreur, le destin déguisé,*
*l'obscurité de la terre le soir,*
*même le cours, la fuite et l'envol des nuages,*
*même le vague influx d'astres lointains*
*en une paume pleine d'intériorité*[68]*...*

Le poète ramène-t-il tout à lui ? S'égare-t-il dans la contemplation de soi ? Un autre poème, cet *Étranger* où il est aisé de reconnaître encore Rilke, répond qu'il préfère à tout plaisir, possession ou gloire, laisser de côté sans désir tous les biens de sa vie :

*Mais parfois, en des lieux étrangers,*
*il lui semblait que la marche d'une fontaine*
*que les pas creusent chaque jour*
*lui appartenait*[69].

Cela seul qui lui appartient en propre, c'est moins encore qu'un vase, un simple creux où demeure la trace d'innombrables pas, et qu'il retrouvera plus tard dans les bas-reliefs de Karnak, *dans leur nature de combe*[70], emplis par la lumière de la lune.

*Faire des choses avec de l'angoisse*, transformer l'angoisse en choses qui soient *sorties du temps et confiées à l'espace* comme les sculptures de Rodin, c'est à quoi Rilke s'était essayé dans les *Nouveaux poèmes* ; l'intensité de travail que représentait chaque page de ce recueil mobilisait une part si importante de lui-même qu'il pouvait bien se croire, sur le moment, victorieux, à la manière de Rodin, de cette montagne de ténèbres sous la forme de quoi Paris lui était d'abord apparu. Mais c'eût été se faire illusion sur la puissance de son art et sous-estimer celle de l'adversaire. L'angoisse devant ce Paris où le Terrible était *dans chaque parcelle de l'air* devait réveiller une à une les angoisses intimes de Rilke, ressusciter toutes les peurs de l'enfance et finalement déboucher sur l'angoisse même de tout homme, aujourd'hui où chacun en arrive à douter s'il *est* vraiment. La lutte du poète avec le Terrible s'est exprimée, au cours de ces mêmes années, dans *les Cahiers de Malte Laurids Brigge*, commencés en février 1904 à Rome et achevés, non sans de fréquentes interruptions, en février 1910, à Leipzig, chez Anton Kippenberg, le directeur de l'Insel-Verlag dont le soutien matériel et moral devait être dès lors essentiel.

L'influence profonde du romancier danois Jacobsen (découvert en 1896-1897 à Munich), la lecture du *Journal d'un prêtre* de Sigtborn Obstfelder, celle des archives d'une famille danoise dénichées lors d'un séjour au château de Haseldorf en 1901-1902, enfin, plus généralement, les liens de Rilke avec les pays scandinaves où il séjourna, grâce à Ellen Key, en 1904, peuvent expliquer le choix de la nationalité du personnage qui devait l'aider à éclairer son propre destin. L'histoire que Malte Laurids Brigge consigne dans ses cahiers est celle d'un solitaire, d'un jeune Danois qui, au sortir d'une enfance et d'une adolescence presque légendaires dans le château de sa famille, se heurte, dès qu'il se retrouve seul à Paris, à l'énigme hostile de la vie, et s'efforce, en vain, de ne pas y succomber.

Le 8 septembre 1908, à Clara qui lui avait envoyé les *Paroles* du Bouddha, Rilke essaie d'expliquer pourquoi il ne veut pas entrer dans cet univers : *Il se peut que ce soit à cause du* Malte Laurids *que j'ai trop longtemps ajourné. D'ici là, je ne veux faire qu'un avec lui dans la mesure voulue pour sentir sa nécessité et adhérer à sa perdition. Je ne puis aller trop au-delà de sa souffrance, sinon je ne le comprendrai plus, il m'échappera et je ne pourrai plus lui donner toute la plénitude de sa mort.*

*Ce ne sont pas mes vues que je veux limiter, mais les siennes, à l'horizon et à l'évolution desquelles je dois encore pouvoir croire. En fait, je le comprends maintenant, c'est l'an dernier que j'aurais dû l'écrire ; juste après les lettres sur Cézanne, qui le touchaient de si près, si rudement, j'étais arrivé à l'orée de son personnage : car Cézanne n'est rien d'autre qu'une première réussite, primitive, âpre encore, de ce qui n'a pas abouti en Malte. La mort de Brigge, c'était la vie de Cézanne, la vie de ses trente dernières années. Et je comprends à présent pourquoi je me suis senti si perdu l'an dernier, et toujours à la mauvaise place : c'est que je ne m'étais pas situé en ce personnage auquel rien ne manquait que mon pouvoir de l'ordonner et de le rassembler, que mon cœur, afin qu'il heurtât comme un battant la cloche de cette existence où les harmoniques d'une fêlure qui veut guérir en moi résonnent avec tous les Ave Maria et tous les Kyrie du ciel. Peux-tu le comprendre*[71] *?*

Rilke a eu beau répéter qu'il ne fallait pas le confondre avec Malte, nous sentons bien que ce qui les sépare est superficiel, ce qui les rapproche central.

À l'origine du livre, il y a une question, née de la stupeur : *Ce qui est, littéralement, « inscrit par la souffrance » dans* Malte Laurids Brigge […], *ce n'est en fait que ceci, par tous les moyens, partout, et par toutes les preuves, ceci : comment est-il possible de vivre, quand les éléments de cette vie nous sont complètement insaisissables ? Quand nous sommes toujours insuffisants en amour, hésitants devant la décision et incapables face à la mort, comment est-il possible d'exister*[72] *?...* Une autre lettre précise comment la réponse est tentée : *... le jeune Malte Laurids Brigge a besoin de se rendre saisissable sa vie qui se retire dans l'invisible, au moyen de figures et d'images ; il les trouve tantôt dans ses propres souvenirs d'enfance, tantôt dans son univers parisien, tantôt dans les réminiscences de ses lectures. Et tout cela, où que ç'ait pu être vécu, a pour lui la même valeur, la même durée, la même présence. Malte n'est pas pour rien le petit-fils du vieux comte Brahe qui pensait simplement que tout – le passé comme l'avenir – était présent*[73]*...*

Ces lignes éclairent la forme admirablement souple des *Cahiers*. Les scènes parisiennes, vécues, douloureusement subies au moment même de la rédaction du livre (et dont certaines s'ébauchent dans les lettres d'alors), les souvenirs d'enfance, imaginaires ou réels, enfin les riches méditations inspirées par des lieux (le théâtre d'Orange, les Baux, les Alyscamps), par des personnages historiques ou légendaires, par des œuvres d'art (les tapisseries de *la Dame à la licorne*), tous ces éléments du livre sont liés d'abord, comme l'écrit ici Rilke, par le besoin de rendre plus saisissable une vie qui se dérobe sans cesse dans l'inconsistance, ensuite et surtout, par celui d'affronter l'angoisse et de lui opposer, comme dans les *Nouveaux poèmes*, mais sous une forme plus libre, plus subjective, où la réflexion joue un plus grand rôle, des *figures* exemplaires ou tutélaires.

On l'a vu à propos des premières réactions de Rilke devant Paris (ce Paris dont il devait apprendre à voir aussi la subtile beauté, et qu'il finirait par aimer plus qu'aucune ville au monde), *les Cahiers de Malte Laurids Brigge* sont, pour une part, la plus puissante, un livre de *hantises*. Tantôt ces hantises remontent au plus secret de l'enfance ; et celles-là, Rilke en laisse l'ombre réenvahir son cœur sans pouvoir ou sans vouloir lui donner un nom ; de sorte qu'elle ne sera pas dissipée et qu'il lui faudra la subir longtemps encore. Tantôt elles se lèvent sur son chemin, dans les rues de Paris où il rôde, comme des spectres qui, plus encore qu'ils n'éveillent sa compassion, le *fascinent*, ainsi que jadis Baudelaire : ce sont des aveugles, de vieilles mendiantes, des malades, des mourants, ou simplement le mur qui subsiste d'une maison en ruine. Ces spectres ne se lassent pas de répéter le premier mot qui lui a été crié par Paris, le mot de *mort*, et celui-là, du moins, Rilke n'hésite pas à le former.

La mort qui hante Malte, c'est la mort anonyme, la mort en masse déjà dénoncée dans la troisième partie du *Livre d'heures*, alors que

> *... leur propre mort pend en eux comme un fruit*
> *vert, amer, et qui ne mûrit pas*[74].

La *mort propre* qu'à ce moment de sa méditation Rilke souhaite à l'homme, c'est celle du chambellan Brigge qu'il peint avec force dans *les Cahiers*, une mort qui ne soit pas autre chose que l'épanouissement de la vie, plutôt que sa rupture ou son effondrement. Car la *rupture* reste, pour Rilke, l'intolérable ; et c'est elle qu'il dénonce aussi dans les deux grands *Requiem*, deux de ses plus beaux poèmes, composés en octobre-novembre 1908, l'un pour l'amie du temps de Worpswede, Paula Modersohn-Becker, morte en couches à trente et un ans, l'autre pour le poète Wolf von Kalckreuth qui s'était suicidé à dix-neuf ans.

*Je possède des morts, je les ai tous abandonnés*
*et je fus étonné de les voir si confiants,*
*si promptement chez eux dans l'être mort, si justes,*
*si différents de leur renommée. Toi seule tu reviens,*
*[tu me frôles, tu bouges*[75]...

On dirait que la sobre méditation, portée par la voix la plus intérieure, se déroule tout contre l'invisible cloison qui nous sépare des morts, plus près qu'on n'en fut jamais, et comme assourdie par cette proximité. *Toi seule tu reviens*... Pourquoi la mort de Paula et le suicide de Kalckreuth troublent-ils si gravement l'ordre du monde, tel que Rilke le rêve ? C'est qu'ils ont l'un et l'autre été arrachés à leur vie la plus personnelle ; c'est qu'ils n'ont pas conduit leur tâche (qui était, pour l'un et l'autre, la transformation par l'œuvre) jusqu'au bout, l'une parce que le mariage l'y a arrachée, l'autre parce qu'il n'a pas eu la patience de déchiffrer l'écriture du monde :

*... ah, elle te parut dépourvue de sens*
*je sais ; tu étais là ; devant*
*et tu en usas les rainures à force de les tâter*
*comme on lit en aveugle sur une pierre tombale*
*l'épitaphe. Ce qui te parut produire quelque*
*[lumière,*
*tu le tenais comme un flambeau devant ces lignes ;*
*mais la flamme s'éteignit avant que tu pusses*
*[comprendre,*
*peut-être à cause de ton souffle, peut-être parce que*
*[la main tremblait ;*
*peut-être d'elle-même, comme s'éteignent parfois*
*[les flammes*[76].

Que l'homme vive pleinement sa vie, qu'il mûrisse selon son inclination propre, et la mort, loin d'être une rupture, sera la couronnement de l'existence, le moment de la plus grande ouverture. Voilà ce que Rilke semble attendre alors de la *mort personnelle*. La mauvaise mort est la conséquence fatale d'une vie détachée de l'ordre universel, en elle-même divisée : *Dehors beaucoup de choses se sont transformées. Je ne sais pas comment. Mais en dedans, et devant toi, mon Dieu, en dedans, devant toi, spectateur, ne sommes-nous pas sans action ? Nous sentons bien que nous ne savons pas le rôle, nous cherchons un miroir, nous voudrions nous défarder, renoncer à toute feinte et être véritables. Mais quelque part est encore sur nous un morceau de travestissement, que nous oublions. Une trace d'exagération demeure dans nos sourcils, nous ne remarquons pas que les commissures de nos lèvres sont repliées. Et nous allons et venons ainsi, railleurs et moitié de nous-mêmes, ni réels, ni acteurs*[77]. Contre ces figures, atroces ou ridicules, de la division, de la déchéance, du vide, toujours prêtes à entraîner Malte avec elles dans leur chute, il faut à tout prix rassembler les grands modèles secourables. Qui sont-ils ?

D'abord, comme pour Baudelaire, les *héros* et les *saints*. Ainsi ce Charles le Téméraire que Rilke situe au Paradis avec la Vierge, des saints, des prophètes et quelques créateurs (Villon, Hokusaï, Li-Taï-Pe), *celui qui toute sa vie durant fut un, le même, dur et inchangeable comme un granit*[78] ; ou cet homme *entier* du XVIe siècle dont il explique ainsi l'attrait sur lui-même : ... *au XVIe siècle, les événements intérieurs s'étaient haussés dehors, dans le visible, à une splen-*

*deur telle qu'elle ne pouvait plus être intensifiée. L'amour et le désir, la vengeance et la haine trouvaient toujours des réalités immédiates, brillantes, qui les représentaient au-dehors et les surpassaient aussitôt. Un homme aimait-il – son amour* était *l'aimée, et quand celle-ci, pensive, essayait devant son miroir un collier ou une boucle d'oreille, cet amour s'*augmentait *de ce collier, de cette boucle. Et quand un autre rassemblait en lui-même une égale quantité de haine, si cette haine entrait en action et devenait tangible, tragique, dans l'afflux d'un meurtre,* c'était encore un accroissement.

*Pour Raskolnikov, l'exécution est une déception : ce renversement s'est produit à peu près avec le Tasse, et c'est cela qui l'a perdu*[79]. Déjà l'enfant Rilke avait aimé dessiner des chevaliers, déjà le *Cornette* avait chanté une nostalgie qui, pour le frêle poète, ne pouvait être que lointaine.

La figure du saint, qui refuse le Destin, le temps, la possession pour se précipiter droit en Dieu, devait lui sembler moins inaccessible. *Si le saint m'a concerné de façon si essentielle, c'est que* lui *seul parvient à ne produire ni inondations, ni marécages, à ne pas s'assécher ni tarir en ruisselets dans les cailloux, pas plus qu'il n'a souci d'être navigable, – il se contente de recueillir les ruissellements purs de son cœur, cent sources inconscientes et les affluents de ses larmes pour ensuite, à travers le paysage agrandi de sa nature, se précipiter dans le lit pierreux de Dieu, grondant, grondant du pressentiment de l'estuaire infini. Comme j'ai langui d'être pareil à lui*[80]... Or, juste avant ces lignes d'une des lettres où Rilke se rapproche le plus de sa vérité intime, il avait écrit : *Voyez-vous, ce qui dans mon télégramme me pèse tant, c'est qu'il comportait une ombre, une petite ombre de rétractation, et que c'est là le geste que je n'ai cessé de refaire, depuis l'enfance, dans mes relations avec autrui : annuler l'élan infini de donner par un incompréhensible recul ; quand cela se produisait en pleine course, en un sursaut fatal, c'était comme si l'on en mourait. Or, maintenant, je ne veux, je ne* veux *plus revivre cela, non par crainte de faire souffrir et de souffrir, simplement par véracité ; car si cela m'arrive, la raison la plus intime n'en est-elle pas nécessairement que je ne suis pas vrai dans mon abandon ? D'étranges puissances qui parfois m'envahissent m'ont enseigné un abandon sans limites : commettrai-je l'erreur de transférer ce mouvement qu'elles justifient à d'autres choses, hors de moi, où cela mène à des fatalités*[81] *?...* Là encore, Rilke mesurait bien la distance qui le séparait du modèle rêvé. Et il y avait autre chose, qu'énonce la suite du passage sur le saint : *Mais mon art ne m'a-t-il pas implanté plus profondément dans l'humain, dois-je m'en tenir éloigné, l'ignorer ? Ne pas en connaître la simple et innocente bienfaisance, l'apaisement, l'énergie intime*[82] *?...*

Il y avait les épreuves et les bonheurs de l'amour hors desquels son art se fût étiolé ; mais qui risquaient toujours d'entraver le pur élan de sa vie, de lui imposer des *fatalités*. Rilke n'était pas près de surmonter cette contradiction.

Or justement, dans *Malte*, plus encore que les héros et les saints, il exaltait les grandes amoureuses, c'est-à-dire les mal-aimées, les trahies, les délaissées : Héloïse, Sapho, Bettina, Louise Labbé, Gaspara Stampa, et celle qu'il a louée par-dessus toutes les autres : Marianna Alcoforado, la Religieuse portugaise dont il a traduit les lettres : *Est-il possible de refuser plus longtemps d'entendre, dans les lettres des grandes délaissées, la jubilation inconsciente qui perce à travers leurs plaintes chaque fois qu'elles prennent conscience que leur sentiment n'a plus devant soi l'aimé, mais seulement sa propre orbite vertigineuse, bienheureuse ? De même que dans le dressage d'un cheval il arrive qu'on recoure encore au sucre aussi longtemps que ce prétexte est nécessaire pour provoquer le pur travail, ainsi nous montrera-t-on longtemps encore, à nous qui apprenons si lentement, un doux visage ; mais l'action spécifique de notre amour ne commence qu'à partir du moment où nous n'avons plus besoin de cette invite pour faire irruption de tout notre cœur dans un amour à qui suffise le signe d'une direction*[83]... Le même rêve revient souvent dans *Malte* :

*Ceux qui sont aimés mènent une vie difficile et pleine de dangers. Ah, que ne se surmontent-ils pas pour aimer à leur tour ? Autour de celles qui aiment il n'est que sécurité. Plus personne ne les soupçonne et elles-mêmes ne sont plus capables de se trahir. En elles le secret est devenu intangible. Elles le clament tout entier comme des rossignols, et il ne se divise pas. Leur plainte ne vise qu'un seul ; mais la nature entière y joint sa voix ; c'est la plainte sur un être éternel. Elles se jettent à la poursuite de celui qu'elles ont perdu, mais dès les premiers pas, elles l'ont dépassé, et il n'y a plus devant elles que Dieu. Leur légende est celle de Byblis qui poursuit Caunos jusqu'en Lycie. La poussée de son cœur lui fit parcourir des pays innombrables sur les traces de celui qu'elle aimait, et finalement elle fut à bout de forces. Mais si forte était la mobilité de son être que lorsqu'elle s'abandonna, par-delà sa mort elle reparut en source, rapide, en source rapide*[84].

L'amour ne devrait donc pas être autre chose que la course de cette flèche que sa vitesse même enflamme ; jamais un arrêt, jamais une possession. *Être aimé veut dire se consumer dans la flamme. Aimer, c'est rayonner d'une lumière inépuisable*[85], note-t-il quelque part en marge des *Cahiers*, comme un écho au *Banquet* de Platon. Et *Malte* ne s'achève pas par hasard sur une reprise de la parabole de l'Enfant prodigue interprétée comme la *légende de celui qui ne voulait pas être aimé : Car il a aimé et encore aimé dans sa solitude ; chaque fois en gaspillant toute sa nature, et dans une crainte terrible pour la liberté de l'autre. Il a lentement appris à faire passer les rayons de son sentiment à travers l'objet aimé, au lieu de l'en consumer. Et il était gâté par l'enchantement de reconnaître, à travers la forme de plus en plus transparente de l'aimée, les profondeurs qui s'ouvraient devant sa volonté de possession infinie.*

*Combien pouvait alors le faire pleurer, des nuits durant, le désir d'être lui-même traversé par de tels rayons ! Mais une femme aimée qui cède, n'est de longtemps pas encore une femme qui aime. Ô nuits sans consolations, qui lui rendaient ses dons en morceaux lourds d'éphémère. Comme il pensait alors aux troubadours qui ne craignaient rien tant que d'être exaucés ! Il donnait tout l'argent acquis et multiplié pour ne plus recommencer cette expérience. Il les blessait en les payant grossièrement, par crainte de plus en plus grande qu'elles ne pussent essayer de répondre à son amour. Car il avait perdu l'espoir de connaître l'aimante qui le traverserait.*

*Même aux temps où la pauvreté l'effrayait tous les jours par de nouvelles duretés, où sa tête était l'objet préféré de la misère, et tout usée par elle, où partout sur son corps s'ouvraient des ulcères comme des yeux de secours contre la noirceur de ses tribulations, et où il frémissait d'horreur devant les immondices sur lesquelles on l'avait abandonné parce qu'il était pareil à ces ordures : même alors encore, lorsqu'il réfléchissait, sa plus grande terreur était qu'on lui eût répondu. Qu'étaient toutes ces obscurités, auprès de l'épaisse tristesse de ces étreintes dans lesquelles tout se perdait ? Ne se réveillait-on pas avec le sentiment d'être sans avenir ? N'allait-on pas, par-ci et par-là, dépourvu de signification, sans avoir droit à aucun danger ? N'avait-on pas dû promettre cent fois de ne pas mourir ? Peut-être l'entêtement de ce mauvais souvenir qui de retour en retour voulait se conserver une place, faisait-il durer sa vie parmi ces ordures. Enfin on retrouvait de nouveau ce sentiment de liberté. Et alors seulement, durant les années que l'on resta pâtre, ce passé nombreux s'apaisa*[86].

Cette profonde nostalgie de l'amour courtois (âprement reconnue ici comme une horreur des désillusions de la chair, et qui ne résout nullement les contradictions aperçues plus haut) débouche donc sur une autre nostalgie, celle de l'existence immobile du berger, la plus pure image que Rilke propose du poète, séparé des autres, mais ouvert à l'immense espace nocturne, où tout se tranquillise et se décante. Et, comme dans *le Livre d'heures*, il apparaît ici que la seule réponse possible aux hantises qui ébranlent sa vie, qui peuplent *les Cahiers de Malte*, c'est l'œuvre, c'est l'effacement dans l'œuvre (puisqu'en celle-ci s'abriterait la totalité du monde) ; et pas seulement dans l'œuvre d'art, mais dans un ouvrage plus modeste comme ces dentelles qui émerveillaient Malte enfant chaque fois que sa mère les déroulait devant lui :

*Elles sont sûrement allées au ciel, celles qui ont fait cela, dis-je pénétré d'admiration. Je rappelle, car cela me frappa, que depuis longtemps je n'avais plus rien demandé sur le ciel. Maman soupira, les dentelles étaient de nouveau réunies.*

*Après un instant, alors que j'avais déjà oublié ce que je venais de dire, elle prononça très lentement : « Au ciel ? Je crois qu'elles sont tout entières ici, dedans. Quand on les regarde ainsi : ce pourrait bien être une béatitude éternelle. On sait si peu de chose sur tout cela »*[87].

Bien que Rilke, au cours de ces années qui, en dépit de maint voyage, restent placées sous le signe de Paris, n'ait pas épuisé dans la longue réflexion de *Malte* toute l'obscurité de sa vie, il n'en aura pas moins tiré de sa double épreuve antinomique : le heurt avec le Terrible incarné dans Paris, avec la grande création incarnée dans Rodin, à la fois un approfondissement de ses intuitions et de ses choix essentiels, et un affermissement extraordinaire de son langage. Mais, plus qu'il n'avait chanté, dans les *Nouveaux poèmes,* il avait exercé sa voix.

Et tandis que se levaient tour à tour dans la prose précise et subtile des *Cahiers* les grandes figures, les grandes questions qui allaient bientôt susciter l'essor des *Élégies*, les premiers signes de cette nouvelle phase (qui devait être plutôt la reprise, à un niveau supérieur, de celle du *Livre d'heures*) s'étaient déjà fait jour dans des poèmes qui ne parurent qu'après sa mort, et qui datent d'un séjour à Capri, où Rilke fut à deux reprises l'hôte de la comtesse Schwerin, dans l'hiver 1906-1907 et au printemps 1908. Capri d'abord lui avait déplu, comme souvent l'Italie, par un côté trop voyant. Puis il avait franchi cette apparence, retrouvé, au détour d'un chemin perdu, la *mer grecque, première,* le contact immédiat avec l'élémentaire qu'il avait souvent perdu dans l'univers raffiné des *Nouveaux poèmes*. Les *Improvisations d'un hiver à Capri*, ébauchées alors, lui parurent peut-être (le terme d'*improvisations* le laisse entendre) secondaires à côté de son vrai travail, le travail rigoureux et patient des *Nouveaux poèmes*. Elles étaient en réalité plus proches de son centre.

Même les plus amples poèmes du double recueil parisien étaient restés dans une certaine mesure des descriptions et des récits dont l'équilibre était attesté par la forme fermée. Ici, la subjectivité, volontairement refoulée par Rilke, reflue avec force ; les questions déchirent l'ordonnance du vers ; et il n'est pas indifférent que ce soit devant un paysage d'une violence sauvage où s'affrontent le ciel, la mer et le rocher. La puissance du dehors, savamment filtrée dans les *Nouveaux poèmes* pour en extraire la plus subtile essence, resurgit avec une intensité vertigineuse. Nous retrouvons le poète face au monde, à la fenêtre ou sur le seuil, ou à la pointe d'un écueil, le poète du *Liseur*. On le dirait à présent plutôt moins tranquille qu'au temps du *Livre d'heures :*

*Tout bouge-t-il en moi ? Rien de ferme*
*qui sur les droits de son poids*

*s'appuie ? Le plus inquiet et le meilleur de moi...*
*Le tourbillon l'emporte comme rien*
*dans l'abîme...*

Alors la voix s'élève selon un mode typiquement rilkéen, questionnant, cherchant réponse, interrogeant les choses et les bêtes pour mieux comprendre ce que nous sommes :

*Et nous ? bêtes de l'âme, que tout*
*en nous détruit, nous pacagères*
*âmes...*

Et l'appréhension qui explique qu'aucun travail, aucune réussite – malgré les exemples de Rodin, de Cézanne, auxquels ensuite Rilke ne reviendra plus guère, malgré la fierté légitime qu'il pouvait tirer de ses nouvelles œuvres – ne compte, c'est celle-ci :

*... car que m'importe le nombre*
*des mots qui vont et fuient,*
*quand un cri d'oiseau, quatre mille fois*
*crié et recrié,*
*fait un infime cœur si vaste, le confond si bien*
*avec le cœur de l'air...*

Le cœur de l'homme est le plus égaré. Comment échapper à cet égarement ?

*... laisse-le seulement trouver*
*quelque part une place, et non rester ainsi*
*dans l'espace*[88]*...*

Une réponse s'essaie, quand la méditation se poursuit, dans l'espèce de berceuse dédiée à Manon zu Solms-Laubach. Comment se fait-il que nous puissions fermer les yeux et garder en nous le visible ? Et ne nous serait-il pas permis, et même intimé, de faire comme l'anémone qui se referme, au soir, sur ce qu'elle a absorbé de jour, et se rouvre le lendemain *un peu plus grande ?*

Ce sera la tâche des années suivantes de rester fidèle, à travers toutes les épreuves, à cette intuition, à cette espérance d'un équilibre tout de même possible entre le cœur et le monde.

## L'espace angélique

*Ce monde vu non plus de l'homme, mais en l'ange, est peut-être ma vraie tâche*[89]*...*

De février 1910, où il achève de dicter *Les Cahiers de Malte Laurids Brigge*, à Leipzig, chez son éditeur et ami Kippenberg, jusqu'en août 1914, Rilke a gardé son domicile, un point d'attache, à Paris ; mais il n'y a pas vécu en tout le tiers de cette période. On le trouve sans cesse ailleurs : de passage en divers lieux d'Allemagne (pour une visite à Clara, une cure, un séjour chez des amis), en Afrique du Nord (Algérie, Tunisie, Égypte) où il passe l'hiver 1910-1911, au château de Duino, sur l'Adriatique, pendant l'hiver 1911-1912, à Venise l'été suivant, en Espagne l'hiver 1912-1913. Les deux livres des *Nouveaux poèmes* ont paru, le premier en décembre 1907, le second en novembre 1908, *les Cahiers de Malte* en 1910. Les œuvres antérieures, reprises peu à peu par Kippenberg qui soutient le poète avec confiance, connaissent un succès croissant. D'autre part, en décembre 1909, à Paris, par l'intermédiaire de Kassner, Rilke a rencontré pour la première fois la princesse Marie de La Tour et Taxis dont l'amitié intelligente et généreuse l'aidera beaucoup par la suite. Néanmoins, la multiplicité de ces lieux de séjour trahit une incertitude intérieure fort éloignée de l'idéal que Rilke s'était fixé dès *le Livre d'heures* et qu'avait confirmé l'exemple de Rodin et de Cézanne. Manifestement, au contraire, il fuyait le cadre d'un travail dont il ne pouvait retrouver l'élan. Les menaces déjà perceptibles à l'intérieur même de ce travail se précisaient : avoir achevé ce *Malte* où s'étaient déposées pourtant tant de hantises, avoir réalisé ces deux livres des *Nouveaux poèmes* où une sensibilité sans pareille avait condensé de si pures essences contre la mort, voir son œuvre reconnue, son travail soutenu, ne suffisait pas pour conquérir la sérénité souveraine d'un Rodin... Dans les lettres d'alors se multiplient les aveux d'inquiétude, et d'étranges plaintes ; ainsi à Lily Kanitz-Menar, le 7 septembre 1911 : *Notre cher Malte vous a donné de la joie et vous a touchée, sans doute le devait-il, c'était le moins qu'il pût faire pour vous qui avez toujours cru en lui et qui en avez tant attendu. En ce qui me concerne, je respire, chaque fois que je pense que ce livre est là, il devait être là, c'était pour moi une obligation indicible, je n'avais pas le choix. Mais, à présent, je me sens un peu comme Raskolnikov après son acte, je ne sais pas du tout ce qui doit venir, et je frémis même un peu quand je réfléchis que j'ai écrit ce livre ; avec quelle force, je me le demande, de quel droit, en viendrais-je presque à me demander*[90]...

Le nom de Raskolnikov était déjà venu à l'esprit de Rilke en 1907, dans une lettre où il expliquait à Clara que Malte n'avait pas surmonté l'épreuve imposée à l'artiste : ne pas choisir, ne pas refuser le laid. *Peut-être a-t-il quand même passé l'épreuve : car il a écrit la mort du chambellan ; mais, comme un Raskolnikov, il est resté à mi-chemin, épuisé par son acte, cessant d'agir au moment même où l'action devait commencer, de sorte que sa toute fraîche liberté s'est retournée contre lui et, parce qu'il était sans défense, l'a déchiré*[91]. Mais l'analyse la plus approfondie de la crise, c'est, comme toujours, à Lou Andreas-Salomé que Rilke l'adresse ; et, curieusement, de Duino, le 28 décembre 1911, soit fort peu de jours avant que naisse la *Première Élégie : Bien entendu, la brave Ellen Key m'a aussitôt confondu avec Malte, et lâché ; mais personne mieux que toi, chère Lou, ne peut faire la distinction et déterminer si et jusqu'à quel point il me ressemble. Si, dans ce livre, ce personnage, en partie fait de mes dangers, sombre pour m'épargner en quelque sorte de sombrer moi-même, ou si ces cahiers seuls m'ont enfin permis d'être pris dans le courant qui m'entraînera loin au-delà. Peux-tu comprendre qu'après ce livre, je me suis fait l'effet d'un survivant, livré au désarroi le plus profond, désœuvré, incapable d'œuvrer jamais plus ? Plus j'approchais de la fin, plus fortement j'éprouvais que ce serait une coupure indescriptible, une haute ligne de partage des eaux, ainsi que je me l'étais toujours dit ; mais il apparaît à présent que toutes les eaux se sont écoulées de ce côté-là, et je redescends de l'autre dans une aridité sans fin. Et si ce n'était que cela ; mais l'autre, celui qui a sombré, d'une certaine façon m'a usé, l'immense dépense de son naufrage a été payée de mes forces et de la substance de ma vie, il n'y est plus rien qui n'ait été dans ses mains, dans son cœur, l'insistance de son désespoir s'est tout approprié ; à peine une chose me paraît-elle neuve que j'y découvre la cassure, l'endroit abrupt de son amputation. Peut-être fallait-il écrire ce livre comme on allume une mine ; peut-être aurais-je dû sauter aussi loin que possible au moment que je l'achevais. Mais, pour cela, je suis sans doute encore trop attaché à la propriété, incapable d'assumer la pauvreté sans mesure qui est probablement ma tâche essentielle. J'ai prétendu placer tout mon capital dans une cause perdue ; mais, d'un autre côté, ses valeurs ne pouvaient devenir visibles que dans cette perte, et c'est pourquoi, je m'en souviens, la très longue période du* Malte Laurids *m'est apparue non pas comme un naufrage, mais bien plutôt comme une ascension étrangement sombre vers une région lointaine et désolée du ciel*[92]. Et il vient à peine d'écrire la *Première Élégie* qu'il avoue, toujours à Lou Salomé, se demander si un traitement psychanalytique ne lui serait pas nécessaire : *Ma nature physique risque de devenir la caricature de ma nature spirituelle*[93]. (De cette tentation, Lou elle-même, qui commençait à pratiquer l'analyse, devait le conjurer de se détourner, sachant, comme Rilke l'écrivait de son côté à un médecin, que son travail *n'était à proprement parler rien d'autre qu'un autotraitement du même genre).*

Ce qui ressort de ces aveux, c'est qu'écrire *Malte* a été un effort et un risque, aux yeux de Rilke, considérables ; qu'il en est sorti épuisé et que, néanmoins, il n'est pas allé jusqu'au bout de sa tâche. Faut-il interpréter l'allusion à Raskolnikov en affirmant que ce qui s'accomplit dans *Malte*, inconsciemment, c'est le meurtre du père ? L'histoire que Rilke raconte à Benvenuta, de ce daguerréotype de son père dont il ne se séparait jamais, pour lequel, voyant qu'il commençait à se tacher, il avait fait faire un étui de cuir, et dont un jour par *nervosité*, par *maladresse,* il aggrave l'état d'un malheureux coup de chiffon *mais transpose cela une seconde seulement dans l'invisible, le sensible, l'âme –: et tu ne sauras plus quel ange implorer sur celui qui est capable à la fois de se donner tant de peine, et de déjouer, comme le ferait un étranger malveillant, sa propre et sa plus fervente précaution*[94]..., cette histoire pourrait confirmer une telle hypothèse. Mais il se peut aussi que le nom de Raskolnikov vienne sous la plume de Rilke (comme dans une citation d'une autre lettre, p. 69) pour signifier beaucoup moins le meurtre que l'*inachèvement* de l'acte et le désarroi qui s'ensuit. Que les raisons du déséquilibre dont Rilke se plaint alors doivent être cherchées, pour une part, là où les cherche la psychanalyse, est indéniable ; mais à nous, lecteurs d'une grande poésie, dont ce déséquilibre est inséparable, il incombe de considérer toujours celle-ci, d'abord, en tant que poésie, en tant que *chant* issu des profondeurs, non en tant que *document* sur ces profondeurs.

La plainte, il est vrai, se prolonge, de lettre en lettre, à travers ces années ; c'est de Ronda, le 17 décembre 1912, à Marie de La Tour et Taxis : *Je vous assure, Princesse (non, franchement, il faut me croire), il faut que cela change quant à moi, de fond en comble, sinon toutes les merveilles du monde seront vaines. N'ai-je pas constaté une fois de plus ici combien de choses se voient gaspillées, en pure perte ? La sainte Angela de Foligno avait fait une expérience analogue*, quand tous les sages du monde – *dit-elle* – tous les saints du Paradis m'accableraient de leurs consolations et de leurs promesses, et Dieu lui-même de ses dons, il ne me changerait pas moi-même, s'il ne commençait au fond de moi une nouvelle opération[95]...

Rilke comprend donc, ou croit comprendre, que *Malte* n'a pas été l'« opération » radicale dont il avait besoin ; il n'est pas allé jusqu'au bout de l'affrontement, jusqu'au fond de son obscurité intérieure, et il se retrouve dans une solitude qui, de radieuse qu'elle avait été d'abord, se fait stérile ; pis que stérile, hantée de tentations et de monstres comme celle des saints. En septembre 1912, il note dans son journal qu'il est *hors de lui-même à force d'abstinence : Il devinait jusqu'à quel degré d'aveuglement son attente s'était exaspérée.* [...] *Toute sa solitude n'était plus qu'une main vide dans ce vide. Debout au bord de la mer, il se sentait soudain envahi par l'épouvante à l'idée qu'elle pourrait arriver là, poussée par les vagues, sous forme de charogne, puis être roulée non sans quelque ironie en arrière, puis revenir encore, ah ! non plus peinte des couleurs de l'amour*[96]... Il n'en rêve pas moins encore, comme il l'écrit à Lou, *de placer son esseulement sous la tutelle de quelqu'un.* Le voyage d'Égypte et celui d'Espagne lui semblent des échecs ; le don des trois premières *Élégies* (qu'il sait déjà devoir être l'amorce de son œuvre essentielle), les nombreux et admirables poèmes de 1913 ne le rassurent pas. C'est dans cet état de désespoir qu'il reçoit, le 22 janvier 1914, à Paris, une lettre d'une inconnue, une musicienne, Magda von Hattingberg, qui lui dit son admiration pour les *Histoires du bon Dieu.* Quatre jours plus tard, Rilke la remercie, dans une lettre étrangement chaleureuse déjà, où il lui parle de son voyage en Espagne, et de musique. Pourquoi ce subit élan, sinon d'abord parce qu'il était à bout de solitude, et peut-être aussi parce que la musique, dont il s'était longtemps méfié, commençait à intéresser sa rêverie, sa réflexion poétique ? Celle qu'il devait bientôt appeler *Benvenuta*, et en qui s'incarnait subitement la bien-aimée lointaine appelée dans plusieurs poèmes des années précédentes, répondit. Ce fut comme la rupture d'une digue. Pendant tout le mois de février, Rilke lui écrivit ; des lettres, de plus en plus longues, intimes ; de tout son être, il appelait cette femme, et en même temps l'éloignait, lui avouait sa fatigue, le mal de son âme, le peu d'espoir qu'il avait de guérir. Le 26 février, il rejoignit Benvenuta à Berlin ; celle-ci passa un mois à Paris ; à fin avril, il l'emmena à Duino.

Le 8 juin 1914, il devait résumer ainsi pour Lou l'étrange aventure : *Chère Lou, me revoilà une fois de plus, après une longue, large et lourde période, avec laquelle une fois de plus une espèce d'avenir est révolu, une période non pas vécue avec force et respect, mais tourmentée jusqu'à l'anéantissement (en quoi je ne trouverais pas aisément mon pareil). Si parfois, au cours de ces dernières années, j'avais pu trouver le prétexte que certaines tentatives de prendre pied plus humainement, plus naturellement dans la vie avaient échoué parce que les êtres dont il s'agissait ne me comprenaient pas et m'avaient fait subir, coup sur coup, des violences, des torts, des dommages, et laissé désemparé, – aujourd'hui, après ces mois de souffrances, je me retrouve orienté tout autrement : contraint cette fois à reconnaître qu'aucun être humain ne peut m'aider, aucun : m'apporterait-il le cœur le plus justifié, le plus immédiat et la référence des astres même, me supporterait-il même là où je suis le plus roide et le plus lourd, garderait-il envers moi la direction la plus constante et la plus pure, quand même je briserais dix fois le rayon de son amour dans la trouble épaisseur de mon univers sous-marin – : je n'en trouverais pas moins (je le sais à présent) le moyen de le compromettre dans la générosité de son aide sans cesse renouvelée, de l'enfermer dans un espace sans air, presque sans amour, de sorte que son secours, inapplicable, finirait par se taler, flétrir et pourrir affreusement en lui.*

*Chère Lou, depuis un mois je suis de nouveau seul, et j'essaie ici pour la première fois de reprendre conscience ; tu vois ce qu'il en est. Finalement, on aura appris bien des choses, – mais pour le moment je n'en constate une fois de plus qu'une seule : que, de nouveau, je n'ai pas été à la hauteur d'une tâche pure et joyeuse que la vie, sans rancune et indulgente comme si elle n'avait jamais fait avec moi d'expérience fâcheuse, encore une fois me proposait. Il est clair désormais que j'ai derechef raté l'examen, et qu'au lieu d'être promu, je devrai redoubler cette même classe de souffrances, retrouver chaque jour au tableau noir les mêmes mots dont je croyais avoir rabâché déjà jusqu'à la nausée la sombre inflexion.*

*Ce qui devait tourner à ma si totale déroute commença par beaucoup, beaucoup de lettres, légères, belles, jaillies avec élan de mon cœur ; je ne crois pas en avoir jamais écrit de pareilles. (C'était l'époque, tu t'en souviendras, des « S » exubérants.) Dans ces lettres se faisait jour (j'en prenais de plus en plus conscience) un irrésistible flux de vitalité, à croire qu'ayant découvert une nouvelle et riche source de mon être le plus intime, celle-ci, jaillissant en confidences intarissables, se mettait à couler sur l'inclina-*

*tion la plus sereine, tandis que moi, écrivant jour après jour, j'en éprouvais à la fois l'heureux courant et le mystérieux apaisement qui semblait lui être promis le plus naturellement du monde dans un cœur accueillant. Garder cette communication pure et transparente et, ce faisant, ne rien sentir ni penser qui en fût exclu, devint soudain, sans que je comprisse comment, la mesure et la loi de mes actes, – et si jamais un homme intérieurement troublé peut redevenir pur, je le redevins dans ces lettres. Le quotidien et mon rapport à lui devinrent inexprimablement graves et sacrés pour moi, – d'où je retirai une ferme assurance, comme si le moyen était enfin trouvé de ne plus se laisser paresseusement emporter au fil de l'éternelle fatalité. À quel point, dès lors, j'étais engagé dans une métamorphose, je pus le constater notamment au fait que même le passé, m'arrivait-il de l'évoquer, me surprenait par sa façon de resurgir ; s'agissait-il par exemple de périodes dont j'avais souvent parlé autrefois, l'accent tombait sur des éléments négligés ou à peine conscients – et chacun d'eux, avec l'innocence d'un paysage, prenait une évidence limpide, était là, m'enrichissait, m'appartenait –, de sorte qu'il me semblait, pour la première fois, entrer en possession de ma vie, non point par une appropriation analytique, une exploitation, une dissection du passé, mais grâce à cette nouvelle véracité qui gagnait jusqu'à mes souvenirs...* [...] *Je ne doute plus en effet d'être malade, – et ma maladie a sérieusement gagné du terrain, contaminant même ce que j'appelais jusqu'ici mon travail qui dès lors ne m'offre plus, pour l'instant, de refuge*[97]...

À cette lettre qui cerne un drame intime d'un contour si précis, Lou, toujours clairvoyante et sereine, répondit notamment : « Mais – quoique cette fois-ci tu sois si absolument seul responsable de cette mort, que tu n'aies point d'excuse, ni d'alibi – *une* chose cependant demeure hors de doute : la manière dont tu ressuscites ceci dans tes paroles, c'est exactement, ô exactement l'ancienne, l'intègre puissance qui donne vie à ce qui est mort[98]... » Elle comprenait que la puissance poétique de Rilke n'était pas brisée, tant qu'il pourrait encore prendre la parole, ne fût-ce que pour se plaindre de l'avoir perdue. Et si ce qui nous a paru étrange d'abord dans ces années d'avant-guerre, c'est que Rilke se soit retrouvé si bas après l'étape de *Malte* et des *Nouveaux poèmes*, l'étrangeté réelle de cette période nous apparaît maintenant : c'est qu'en dépit de ces plaintes, en dépit de cette crise qui atteint son point culminant dans l'échec de la rencontre avec Benvenuta, l'énergie poétique ait continué de circuler, mais souterrainement, et même de croître ; non plus comme au temps de Paris au prix d'un effort visible sur lequel Rilke avait pu s'appuyer, mais au prix de souffrances qui lui semblaient, au contraire, la mort de la poésie, alors qu'elles le rapprochaient de lui-même, de ce lui-même dont les *Improvisations* de Capri, en 1907, avaient déjà ébauché le visage. Les trois premières *Élégies* (auxquelles il faut ajouter des fragments de la Sixième et de la Dixième), les poèmes écrits en Espagne puis à Paris en 1913-1914, les proses brèves intitulées *Sur le poète, Aventure I et II*, *Sur le jeune poète* et *Poupées*, comptent parmi ses plus beaux textes.

À travers les plaintes de ces quatre années, des *signes* surgissent, quelquefois perdus, isolés, quelquefois liés et composés ; ce sont eux qui nous assurent que l'énergie poétique n'est pas perdue, et nous permettent d'en suivre le cours souterrain.

C'est ainsi que, dans toute l'année 1910, après l'achèvement de *Malte*, Rilke n'écrit en tout et pour tout que dix ébauches de poèmes : un cri d'oiseau qui semble ressusciter un accord ancien avec le monde, ailleurs une fontaine qui, même ruinée, désigne ce centre dont Rilke se juge alors exclu, voilà ce dont la leçon persiste dans la pire aridité :

*Entre moi et le cri de cet oiseau*
*qu'était-il convenu ?*
*Je ne sais plus, –*
*entre moi et le cri de cet oiseau.*

*Non, non, ce n'était pas que pluie prochaine,*
*que surcroît de jardin, ou parce que*
*les oiseaux aiment à entendre les oiseaux.*

*Maintenant quelque chose devait en mon cœur*
*commencer... quoi ? L'entente.*
*Une trop vieille entente. Ah, c'est de tels*
*oublis que naît le temps*[99]*...*

Rilke passe l'hiver 1911-1912 à Duino ; et bien qu'il paraisse d'abord effrayé par ce château fort dont il se sent le prisonnier, comme dix ans plus tard à Muzot, l'afflux de l'espace qui vient à lui là-bas avec la mer, comme à Capri en 1907, le soulève – un instant seulement, mais à quelle hauteur ! (Ne va-t-il pas bientôt reconnaître en effet, dans un texte essentiel de cette période, *la passion qui l'avait toujours saisi quand il s'agissait de s'exposer à la tempête*, et qu'il était désormais *définitivement voué à ces rapports-là*[100] ?) C'est peut-être que dans ces lieux étaient figurés, s'affrontaient et s'accordaient à la fois l'espace infini qui l'avait saisi en Russie et à Worpswede, et le roc, la montagne qui représentaient pour lui, sous une autre forme, parfois angoissante, l'insaisissable puissance divine.

C'est alors que, pour la première fois depuis des années, il s'arracha – un instant – aux tourments irrésolus de *Malte* comme à l'obsession de la *chose d'art* à laquelle il n'avait abouti, dans les *Nouveaux poèmes*, qu'en forçant son regard, pour laisser libre passage, dans sa voix, au cri de l'être qui s'avoue perdu :

*Qui, si je criais, m'entendrait donc, parmi*
*les cohortes des anges ? et supposé même que l'un*
*[d'entre eux*
*me prît soudain contre son cœur, je périrais*
*du poids de sa présence. Car le Beau n'est rien*
*que le commencement du Terrible*[101]...

Ce sont les premiers vers du cycle des *Élégies*.

Dans ces deux chants tissés de soupirs, de vœux, de questions, auxquels vint s'ajouter en 1913 la *Troisième Élégie*, dans les très beaux poèmes du séjour espagnol ou du cycle, ébauché, des *Poèmes à la nuit*, quel est le monde auquel Rilke accède et nous fait accéder ? C'est celui où les meilleurs moments de son œuvre l'avaient déjà fait habiter, celui que nombre de ses images favorites, que maint passage de *Malte* avaient suscité, plus ou moins lointain, sous tel ou tel de ses aspects : le monde du *temps plein* opposé à celui du temps mesuré, le monde du mouvement *pur* (c'est-à-dire sans objet) et de l'échange heureux entre le dedans et le dehors.

Dans ces années de crispation et de trouble, il en prend plus nettement conscience ; et parce qu'il se sent de moins en moins réel (ce sont les questions anxieuses des *Élégies*,

*Amants, ô comblés l'un en l'autre, laissez-moi*
*interroger. Vous vous tenez. Avez-vous des preuves ?*
*Il m'arrive que mes mains s'entredécouvrent,*
*ou encore, voyez : que mon visage*
*usé s'épargne en elles. Cela m'est une ébauche*
*de sensation. Mais qui oserait être pour si peu*[102] *?...)*

il met d'autant plus de passion à le chercher. En janvier ou février 1913, à Ronda, il note dans son journal deux textes essentiels (*Erlebnis* I et II, dans l'édition française *Aventure* I et II), relation de deux expériences complémentaires dont l'une remonte à l'hiver 1912 à Duino, l'autre au séjour de Capri en 1907, et qui toutes deux saisissent le moment mystérieux où naît ce que Rilke appellera le *Weltinnenraum* (espace intérieur du monde), qui est à la fois monde intériorisé et moi extériorisé, où s'abolissent les limites fatales entre dedans et dehors :

*Il se souvint de l'heure passée dans cet autre jardin, dans le Sud (à Capri) : un cri d'oiseau était là soudain, accordé au-dehors et en lui-même ; c'est-à-dire qu'il ne se réfracta pas aux limites du corps, qu'il concilia les deux directions en un espace ininterrompu où, mystérieusement protégée, ne persista qu'une tache de la plus pure, de la plus profonde conscience. Il avait alors fermé les yeux pour qu'une aussi noble expérience ne fût point dérangée par les contours de son corps, et l'infini le submergea de toute part avec une telle intimité qu'il put croire sentir dans sa poitrine le poids léger des étoiles qui venaient de se lever* [103].

Tel était le sens du signe que lui avait fait l'oiseau de 1910, et qu'il explique, admirablement, dans une lettre adressée le 20 février 1914 à Lou Andreas-Salomé en guise de commentaire au dernier livre de celle-ci, les *Trois Lettres à un adolescent : ... De là la situation fascinante de l'oiseau sur ce chemin vers le dedans ; son nid est presque un corps maternel extérieur, à lui consenti par la nature, et qu'il se borne à aménager et à couvrir, au lieu d'y être entièrement contenu. Aussi a-t-il, de tous les animaux, le rapport affectif le plus confiant avec le monde extérieur, comme s'il se savait lié à lui par le plus intime secret. C'est pourquoi il chante au sein du monde comme s'il chantait au-dedans de lui-même, c'est pourquoi nous accueillons si aisément en nous son chant, il nous semble le traduire dans notre sensibilité sans aucune perte, il peut même transformer pour nous, un instant, le monde tout entier en espace intérieur, parce que nous sentons que l'oiseau ne distingue pas entre son cœur et celui du monde* [104].

Le chant de l'oiseau (comme d'autres signes encore) ouvre l'espace total, transparent, qu'il appellera bientôt l'*Ouvert*, *un espace aussi intact que l'intérieur d'une rose, un espace angélique* [105] ; espace imaginaire mais qu'il croit trouver réalisé à Tolède, d'où sa stupeur et son exaltation devant cette ville : paysage à la fois *ouvert* et *plein de loi* comme les astres, ville *fille de la Terre et du Ciel* et qui *traverse l'Étant dans son entier,* ville *présente à la fois pour les morts, les vivants et les anges*[106]. Et un an plus tard il écrit encore à Ellen Delp : *Ce monde vu non plus de l'homme, mais en l'ange, est peut-être ma vraie tâche, du moins tous mes essais antérieurs convergeraient-ils en elle ; mais pour l'entreprendre, Ellen, comme il faudrait être protégé, et résolu*[107] ! Pour mieux comprendre ce qui a fait du paysage de Tolède, aux yeux de Rilke, le modèle de sa poésie au moment de la formation des premières *Élégies* (ce qui prouve que ces yeux n'avaient jamais été aussi pénétrants qu'en cette période d'apparent désespoir), il faut lire encore les lignes qui précèdent immédiatement celles-là :

*... là-bas* [à Tolède], *la chose extérieure : tour, montagne, pont, comportait déjà en elle-même l'intensité inouïe, insurpassable des équivalences intérieures par lesquelles on eût aimé la représenter. Apparition et vision coïncidaient en quelque sorte partout dans l'objet, un monde intérieur entier était exposé en chacun d'eux, comme si un ange, qui englobe l'espace, était aveugle et regardait en lui-même...* Les anges avaient été d'abord les créatures familières qui se confondaient pour l'enfant avec la merveille de Noël ; puis ces figures des cathédrales découvertes au temps de Rodin, tel l'Ange du Méridien de Chartres dont le sourire semblait déjà désigner la direction de la plénitude (de la même époque, ce passage d'une lettre à Clara : ... *Dans notre jardin il n'y a pas de rossignols, et peu de chants d'oiseaux ; sans doute par la faute des chasseurs qui rôdent ici tous les dimanches ; mais quelquefois, la nuit, un appel m'éveille, un appel quelque part au fond de la vallée, à plein cœur. Cette douce voix qui monte, qui ne cesse pas de monter ; qui est comme un*

*être entier transformé en voix, dont tout : la silhouette et l'attitude, les mains et le visage sont devenus voix, grande voix d'incantation dans la nuit. Parfois, le silence l'apportait de loin à ma fenêtre, mon oreille l'accueillait, l'attirait lentement dans la chambre et, par-dessus mon lit, jusqu'en moi. Et hier, je les ai trouvés tous, les rossignols, sous un tiède et vaste vent de nuit je suis passé devant eux, au milieu d'eux, plutôt, comme au milieu d'une foule d'anges chantant qui, close devant moi et derrière moi refermée, ne se divisait que pour me laisser passer*[108]..., d'où ressort l'analogie profonde entre l'oiseau, l'ange et le poète qui serait tout entier devenu voix) ; maintenant, il les rencontrait chez Klopstock, dont il avait emporté la *Messiade* avec lui en Espagne, il les voyait dans les peintures du Greco tels qu'il les avait depuis toujours attendus, espérés, invoqués : *L'ange, chez lui* [Greco], *n'est plus anthropomorphe... Son essence est fluide, il est le flux qui passe à travers les deux royaumes*[109]...

Les voici donc qui envahissent son œuvre, non pas des allégories, mais exactement ce qu'ils y sont : éblouissants, insoutenables, lumière du commencement sur les crêtes, ignorant l'homme égaré à leurs pieds, ne distinguant pas comme lui entre les deux royaumes des vivants et des morts, lumière qui enfin ne se perd pas comme la sienne, mais perpétuellement se recueille en elle-même, ainsi que l'eau des fontaines ; figures inaccessibles, nées cependant du plus intime désir, ou d'un comble de détresse : ... *il y a sûrement un degré de détresse qu'entendent les anges, des ultra-rayonnements de détresse que les humains ne perçoivent pas, qui traversent leur monde épais et ne peuvent faire retentir qu'au-delà, dans la lumière d'un ange, un violet sourd, douloureux, comme l'améthyste dans sa géode*[110].

Plus encore que celui d'Espagne, dont il était rentré déprimé, le voyage d'Égypte, un an plus tôt, avait semblé à Rilke un échec. Mais, à qui souhaite comprendre ce qu'est un grand poète, il faut faire lire ce long fragment d'une lettre à Benvenuta : *Mon amie, voyez, à Berlin, le buste d'Aménophis IV, dans la halle centrale du Musée égyptien (que de choses j'aurais à vous dire de ce roi), sentez sur ce visage ce que c'est d'affronter le monde infini et de composer sur une surface aussi restreinte, par la transfiguration de quelques traits, un équilibre à cette apparition totale. Ne pourrait-on pas, ayant vu la nuit constellée, retrouver sur cette face la floraison d'une même loi, la même grandeur, la même profondeur insondables ? C'est sur de telles choses que j'ai appris à regarder ; et plus tard, quand je les ai trouvées debout en foule devant moi en Égypte, leur découverte, leur compréhension m'a secoué à tel point que j'ai passé presque toute une nuit devant le grand Sphinx, comme rejeté à ses pieds par ma vie. Si je n'ai pas encore trouvé le chemin de la musique, je connais les bruits, et il m'en est advenu un des plus étranges, puis-je vous le raconter ?*

*Vous savez sans doute qu'il est difficile d'être seul en ce lieu-là, devenu vraiment un lieu commun où l'on traîne en troupeaux les étrangers les plus superflus – mais j'avais sauté le repas du soir, même les Arabes étaient loin, autour de leur feu, je m'étais débarrassé de l'un d'eux, qui m'avait remarqué, en lui achetant deux oranges ; d'ailleurs, l'obscurité me préservait d'être vu. Je l'avais attendue dans le désert ; puis je m'en revins lentement dans le dos du Sphinx, et calcu-*

*lai que derrière la pyramide la plus proche, violemment embrasée par le couchant, la lune déjà devait se lever ; car c'était la pleine lune. Quand je l'eus enfin dépassée, non seulement celle-ci était déjà assez haut dans le ciel, mais elle répandait un tel flot de lumière que je dus me protéger les yeux de la main pour trouver mon chemin entre les éboulis et les fouilles. – La partie postérieure du corps du Sphinx ne dépasse guère le niveau du sable, qui l'a plus d'une fois recouverte depuis les premiers déblaiements ; et l'on s'est contenté de le maintenir dégagé sur sa face antérieure jusqu'aux pattes, de sorte que le terrain creusé là descend vers lui en forme de demi-entonnoir. C'est sur ce plan oblique, face à l'immense monument, que je me cherchai une place et restai étendu, enveloppé dans mon manteau, à la fois effrayé et infiniment intéressé. Je ne sais si je fus jamais aussi pleinement conscient de mon existence qu'en ces heures nocturnes où elle perdait toute valeur : qu'était-elle, en effet, en face de tout cela ? Le plan où elle se déroulait s'était effacé dans l'ombre, tout ce qui est existence et monde se situait sur une scène plus haute, où une constellation et un dieu demeuraient face à face, en silence. Vous vous souviendrez sans doute d'avoir éprouvé que la vue d'un paysage, de la mer, de la nuit agrandie d'astres nous persuade de l'existence de rapports et d'ententes dont nous serions incapables de mesurer l'étendue ; c'était cela même que je ressentais au plus haut point, là se dressait un monument orienté sur le ciel, auquel les siècles n'avaient infligé que des dommages insignifiants, et le tout à fait inouï était que cette chose portât des traits humains (les traits si familiers pour nous d'un visage humain), et que ceux-ci, dans son éléva-*

*tion, lui suffisent. Ah, chère amie, je me disais : cela, cela que nous remettons tour à tour entre nos mains et celles du Destin, doit tout de même pouvoir signifier une grandeur, si sa forme peut tenir dans pareil entourage. Ce visage avait adopté les habitudes de l'espace du monde, certaines parties de son regard et de son sourire étaient détruites, mais le lever et le coucher des ciels avaient inscrit sur son miroir des sentiments capables de surmonter. Je fermais les yeux de temps en temps et, quoique le cœur me battît, je me reprochais de ne pas le ressentir encore assez : ne devais-je pas atteindre des régions de stupeur encore inexplorées en moi ? Je me disais : imagine que l'on t'ait transporté ici les yeux bandés et déposé brusquement dans cette fraîcheur profonde et presque sans vent, que tu ne saches pas où tu es et que tu ouvres les yeux... Et quand je les ouvrais réellement, mon Dieu, il fallait un moment pour qu'ils surmontent cela, saisissent cet être, réalisent la bouche, la joue, le front sur lesquels la lumière et l'ombre lunaires passaient d'expression en expression. Que de fois déjà mon regard avait essayé cette joue en détail ; elle s'arrondissait là-haut si lentement qu'on aurait dit qu'il y avait place, dans cet espace, pour plus de distances que dans le nôtre. Comme je la contemplais de nouveau, je me trouvai soudain, inopinément, introduit dans sa confiance, je pus la saisir, l'éprouver dans la plénitude de sa rondeur. Je ne compris qu'un instant après ce qui s'était passé. Ceci : de sous le bord de la coiffe royale, une chouette s'était envolée et lentement, ineffablement sensible à l'ouïe dans la pure profondeur de la nuit, avait effleuré de son tendre vol le visage ; et maintenant, sur mon ouïe que des heures de silence nocturne avaient rendue parfaitement limpide, le contour de cette joue, comme par un miracle, était inscrit* [111]*...*

Telle peut être surprise, à travers ces lignes, la naissance du paysage dans lequel s'achèvera, huit ans plus tard, le cycle des *Élégies*, et où la chouette à nouveau s'envole, où réapparaît un Sphynx :

*... la tête sous la couronne qui, pour toujours,*
*en silence, a posé le visage de l'homme*
*sur la balance des étoiles* [112].

La balance, encore une image de la *vie pleine*, mais qui en saisit un nouvel aspect, moins la confusion entre dedans et dehors (ou, comme elle apparaît, vrai prodige, dans le passage ci-dessus : transfert entre les sens créant un réseau serré où l'âme se laisse prendre), que *l'équilibre* entre le moi et le monde. Et presque tous les poèmes ou ébauches du cycle *À la nuit* de 1913-1914 tendent justement à réaliser ou approcher cet équilibre, dans la limpidité nocturne, entre le ciel et le visage qui se lève vers lui :

*Pensées de nuit, puisées en lointaine expérience,*
*que l'enfant questionnant traversait déjà sans bruit,*
*lentement ma pensée vous hausse – et tout en haut,*
*la forte preuve doucement vous accueille.*

*Que vous soyez, est sûr ; qu'ici, dans l'étroit*
*[réceptacle,*
*naisse, pour s'ajouter aux nuits en secret, de la nuit.*
*Avec quel mouvement soudain l'infinie, l'aînée,*
*sur cette sœur en moi que je cache, se penche* [113] *!*

Et, parlant à la comtesse Stauffenberg, dans une lettre du 23 janvier 1919, des trois textes qu'il avait publiés cette année-là dans l'*Insel-Almanach* (notamment de *Aventure* I), Rilke écrira : *Tous ces textes, chacun à sa manière, comportent des approches de sensations-limites de l'existence, et tendent tous à cet équilibre augurable dont j'ai trouvé une figuration sans pareille dans un fragment de musique antique. Romain Rolland, qui me le joua, l'avait découvert dans une messe grégorienne. Comme je l'écoutais et l'écoutais encore, j'avais l'impression de deux plateaux de balance atteignant par de sourdes oscillations au repos l'un en face de l'autre. Je décrivis à Rolland mon impression, et alors seulement, il m'avoua qu'il s'agissait d'une épitaphe antique, d'une épitaphe en notes ; dont la plus saisissante confirmation était de pouvoir être accueillie et comprise à travers une telle comparaison*[114]... On voit ici comment l'image de la balance étend encore son rayonnement jusqu'au royaume des morts, comment l'équilibre suprême augurable pour le chant célèbre, en définitive, tel ou tel de ces jeunes morts dont la trace est cherchée dans la *Première Élégie* et qui ont accès, plus qu'aucun vivant peut-être, à l'espace des anges. La subtilité du réseau de rapports qui construit peu à peu, alors, la poésie de Rilke, apparaît presque inépuisable.

Qui sont ceux qui ont accès à cet espace où les anges sont chez eux, c'est une des questions essentielles qui se posent dès les deux premières *Élégies*, où s'exprime d'abord, intensément, le sentiment de l'irréalité humaine :

*... comme la rosée de l'herbe d'aube,*
*ce qui est nous de nous s'exhale, comme la chaleur*
*d'un plat brûlant*[115]*...*

La réponse est la même, alors que, dans *Malte*, ce sont les saints, ce sont les jeunes morts, ce sont les amantes délaissées. Mais n'y aurait-il pas un autre rapport possible entre l'homme et la femme que celui de la passion malheureuse ? La fin de la *Deuxième Élégie* en découvre un modèle dans les stèles attiques :

*Sur les stèles attiques, la prudence du geste humain*
*[ne vous a-t-elle pas*
*surpris ? Amour, adieu n'étaient-ils pas posés*
*sur les épaules aussi légèrement que s'ils étaient*
*d'une autre étoffe que chez nous ? Souvenez-vous*
*[de ces mains*
*calmes, qui ne pèsent, malgré la puissance des*
*[torses.*

*Voilà ce que savaient ces mesurés : nous allons*
*[jusque-là,*
*et nous toucher ainsi est notre part ; les dieux*
*appuient-ils plus fort : c'est l'affaire des dieux*[116].

Et dans une lettre de Duino à Lou Andreas-Salomé, de très peu antérieure au poème, où il notait : *Un jour, à Naples, je crois, devant des stèles antiques, le pressentiment m'est venu que je ne devrais jamais toucher un être humain d'un geste plus accentué que ceux qui y sont figurés...*, se trouvent ces lignes éclairantes : *... mais j'ai quelques autres souvenirs dans le domaine humain auxquels je tiens – énoncés, ils semblent* *dépourvus de substance ; pourtant, me croiras-tu, pendant ce long temps de solitude complexe et portée à l'extrême où le* Malte *fut écrit, j'avais l'absolue certitude que la force d'y faire face me venait pour une bonne part de certaines soirées de Capri où il ne se passait rien, sinon qu'assis en compagnie de deux femmes d'âge et d'une jeune fille, je les regardais, penchées sur leur ouvrage, et quelquefois recevais de l'une d'elles une pomme pelée par ses soins. Il n'y avait pas le moindre soupçon de fatalité entre nous, on ne s'est même pas demandé jusqu'à quel point c'était* ces êtres-là *qu'il fallait pour que se produisît ce qui se produisait, cela n'a pas de nom, mais j'en retirais quelque chose de la nutritivité mystique de la Cène ; tant que cela durait, je savais que cela me donnait des forces, et plus tard, dans mon pénible isolement, je reconnaissais ces forces entre toutes les autres ; chose étrange, c'était elles qui duraient le plus longtemps*[117]...

*C'est une chose de chanter la bien-aimée. Une*
*[autre, hélas !*
*ce dieu-fleuve du sang, coupable, dérobé*[118]...

c'est sur ces vers que s'ouvre la *Troisième Élégie*, commencée à Duino en 1912, achevée à Paris en automne 1913, qui s'efforce de conjurer l'aveugle poussée du désir. C'est une chose de rêver à ce rapport délicat, immatériel, qui donne accès à l'espace angélique, une autre de contenir les puissances obscures venues du fond de nous, du fond des âges. C'est encore dans la correspondance avec Benvenuta, dans le drame qu'elle met au jour, qu'est le mieux saisissable le problème que l'amour constituait pour Rilke. Puisque la voie de la sainteté lui était interdite, son art ne pouvant se passer de l'humain, puisque l'excès de solitude le jetait au désert et aux tentations du désert, il ne pouvait s'empêcher de rêver encore une relation simple, innocente : *Chère, chère enfant, que ceci me soit accordé, de t'aimer infiniment, de t'aimer sans effort. Qu'entre tes mains me quitte, comme une douleur invétérée, l'entêtement de voir dans l'amour un* travail[119]... Mais il savait, d'avance, que ce serait impossible : *Je ne te tiens pas, mes mains depuis très très longtemps se sont promis de ne jamais tenir (ce n'est pas pour cela que Dieu les a faites)*[120]... *Magda, peut-être vas-tu t'apercevoir, à peine m'auras-tu touché, que la fêlure est décidément irréparable – ou qu'une main sombre, inconnue, posée je ne sais où sur le galbe de la cloche, empêche même le heurt le plus pur d'en tirer un son*[121]... Ces craintes filtrent significativement à travers les toutes dernières lignes de la correspondance, juste avant la rencontre. Mais leurs motifs profonds, Rilke les avait recherchés déjà dans les lettres précédentes (qui sont une véritable suite aux *Cahiers de Malte*, où le rêve, la confidence, les souvenirs, la méditation s'enchaînent avec la même liberté, la même force, et où ne manque même pas la scène parisienne, une description d'un bureau de poste qui ne le cède en rien pour la précision, l'humour, la profondeur, aux scènes analogues du roman), allant plus loin dans cette fouille intérieure qu'il n'était jamais allé. S'il doute de pouvoir jamais s'arracher à la solitude, c'est qu'il se sent *gauchi*, mésusé : ... *Alors, si j'avais été vraiment de pierre, tout serait pour le mieux. Seulement, comme je n'étais pas de pierre, mais un être humain gisant là, les grandes forces que j'osais entraîner d'ordinaire ont joué avec moi dans ma détresse comme les images des rêves avec le dormeur. Les puissances de mon enfance ont joué avec moi, les souvenirs, de paresseux et oisifs désirs ont joué avec moi, mon propre sang, qui ne savait que faire, a joué avec moi – : et, comme il arrive aux jouets, au lieu d'embellir, comme une arme quand elle est portée, je me suis retrouvé cassé, abîmé : tout à fait comme un jouet*[122].

Et c'est précisément en méditant sur des jouets, dans une de ses proses les plus denses, *Poupées*, à propos d'une exposition de poupées de cire de Lotte Pritzel, le 1er février 1914 (soit juste avant le débordement des lettres à Benvenuta), que Rilke a laissé transparaître le plus mystérieusement, le plus âprement, toute l'ombre qui le séparait de l'amour, comme il l'a reconnu lui-même en écrivant à Lou Andreas-Salomé à propos de ce texte, le 20 juin 1914 : ... *Mais n'est-il pas effrayant d'avoir écrit sans s'en douter cela, qui touche au plus intime sous le prétexte d'un souvenir de poupées, et de vite poser la plume ensuite, pour vivre encore une fois jusqu'au bout, plus intensément que jamais, le spectral : jusqu'à ce qu'on se sente tous les matins la bouche desséchée par l'étoupe dont, devenu pantin de part en part, on est bourré*[123] ?... Il apparaît en effet que, dans la poupée, l'enfant a pu se heurter pour la première fois à la distance qui sépare d'autrui, et que ce corps opaque, ce corps sans âme, absolument passif, s'est chargé peu à peu de toute l'horreur qui avait déjà percé à la fin du *Malte* devant les désillusions de l'amour :

*Si l'on avait tout cela présent à l'esprit* [la bonté des choses, des moindres objets usuels] *et qu'au même instant, la tirant hors du tas de ces choses plus animées de sympathie à notre égard, on trouvât une de nos poupées : elle nous indignerait presque par son terrible, par son épais manque de mémoire ; la haine qui, à notre insu, a toujours, pour une part, formé nos rapports, apparaîtrait ; démasquée, elle serait devant nous, comme l'affreux corps étranger sur lequel nous avons répandu notre chaleur la plus pure ; comme le cadavre de noyé, superficiellement voilé, qui s'est laissé soulever et porter par les grandes eaux de notre tendresse jusqu'à ce que nous nous desséchassions de nouveau et que nous l'oubliassions dans quelque buisson*[124]*...*

Et encore :

*Qui sait si quelques-uns, plus tard dans la vie, n'ont pas tiré de tels souvenirs le soupçon que, peut-être, personne ne pouvait les aimer ? Si chez celui-ci ou celui-là, sa poupée d'autrefois ne poursuit pas ses ravages sans remède, de telle sorte qu'il ne cherche de vagues contentements que pour contrarier ce sentiment d'insatisfaction perpétuelle par lequel elle a compromis son état d'âme*[125].

*Comme il était de plus en plus manifeste que j'étais incapable d'amour, l'amour, peu à peu, s'est retiré de tout*[126]*...* L'aveu à Benvenuta se retrouve dans les mêmes termes dans un poème du 20 juin 1914, donc postérieur au dénouement de l'aventure, intitulé *Tournant*[127].

Mais exprimer la nécessité du *tournant*, le passage de la vision à l'amour, n'était pas, de loin, l'accomplir. Et à la veille de la guerre imminente, autre et pire montagne à franchir, ce n'est pas un hymne qui s'élève, mais encore une plainte :

*À qui te plaindre, cœur ? Toujours plus évité*
*parmi les hommes incompréhensibles, ton chemin*
*lutte. D'autant plus en vain peut-être*
*qu'entêté*
*vers le futur,*
*le perdu.*

*Autrefois, tes plaintes, qu'était-ce ? Tombée à terre,*
*mal mûre, quelque baie de joie.*
*Mais à présent casse mon arbre de joie,*
*casse dans la tempête mon tardif*
*arbre de joie.*
*Le plus beau, dans mon invisible*
*paysage, celui qui me rendait plus clair*
*aux anges, invisibles*[128].

# La guerre

*Exposé sur les montagnes du cœur*[129].

À la fin de juillet 1914, Rilke avait quitté Paris pour Leipzig où il allait rendre visite aux Kippenberg, sans se douter de la catastrophe imminente, qui devait le retenir près de cinq ans en Allemagne. C'est à Munich qu'il passa presque toute cette période, hors quelques mois à Vienne où il porta l'uniforme, mais fut bientôt délivré d'un poids qu'il eût mal supporté, puis à Rodaun chez Hofmannsthal, et des séjours en Westphalie ou à Berlin.

Ces années furent les plus arides de sa vie : quelques beaux et graves poèmes en automne 1914, d'autres en automne 1915 (en particulier la *Quatrième Élégie*), puis un silence presque total. L'interminable, l'insoutenable guerre ne pouvait qu'aggraver la crise qui durait depuis l'achèvement des *Cahiers de Malte*, en aggravant encore la séparation d'avec le monde extérieur, d'avec le Tout.

Dans les premiers jours d'août, pourtant, tout comme, de son côté, Musil, et pour les mêmes raisons, Rilke s'était laissé porter par l'exaltation générale. Il découvrait alors Hölderlin, que venait de commencer à rééditer Hellingrath, et c'est sur un mode plus hölderlinien que rilkéen qu'il célèbre, dans les *Cinq chants*, le *Dieu commun* ; exaltation de courte durée, comme en témoignent ces lignes du 29 août 1914 à la mère d'un ami mobilisé, Thankmar von Münchhausen : *... les premiers jours, mon esprit a suivi le grand courant général, a réussi, à sa manière, à participer ; puis j'ai fait un retour sur moi-même, l'inexprimablement isolé, sur mon cœur ancien, celui d'avant (que je ne puis renier) ; maintenant, après ce détour, isolé, j'ai grand-peine à retrouver une position juste, et si possible en quelque manière féconde, en face du destin démesuré de tous. Heureux ceux qui sont dedans, et que son tumulte domine*[130]*...*

Dès lors, la guerre devait lui paraître chaque jour plus odieuse et plus lourde à porter. Le 5 janvier 1919, il écrira à Élisabeth Schenk : *Ce fut en somme l'unique tâche de ces années affreusement anéanties que de croire à ce qui les avait précédées pour moi : Capri, Rome, Paris, la Russie, l'Égypte et Tunis, de croire à toutes les dispositions miraculeuses et pures de ma vie auxquelles semblait réservé un avenir si différent. Dites-le-moi : comment aurais-je survécu autrement, moi en particulier pour qui le déroulement des événements depuis 1914 ne pouvait signifier que dénégation et démence ? Mais je ne sais pas du tout si j'ai survécu. L'intérieur de moi-même s'est refermé toujours plus, il m'est devenu, comme pour se protéger, inaccessible à moi-même ; aussi ne sais-je pas en ce moment s'il y a encore en mon centre la force de renouer et de réaliser des rapports avec le monde, ou s'il ne subsiste là, dans le silence, que le tombeau de mon âme d'autrefois. Je ne le sais pas encore et je suis incapable (depuis combien de temps) de me donner la moindre preuve de mouvement intérieur ; le point d'intersection de mes forces a perdu sa nature stellaire, il est sorti des grandes constellations qui lui assuraient d'ordinaire son site et son maintien dans l'espace spirituel*[131].

La plus haute image de l'intégration dans le Tout était, pour Rilke, la constellation ; se trouver exclu de cet ordre, comme il jugeait l'être depuis des années, représentait le pire destin.

La source de sa grande énergie cachée : la foi en la légitimité de la tâche poétique que même Tolstoï le vénéré n'avait pu ébranler dans sa jeunesse, allait-elle faiblir devant l'événement ? En juin 1915, il écrit à Thankmar von Münchhausen, au front : ... *le fait que de si grandes choses se manifestent et durent peut-il le moins du monde atténuer la souffrance de constater qu'il a fallu ce désordre, ce désarroi profond, tout le bruit et le trouble de ce destin provoqué, qu'il a fallu très précisément cette abomination sans mélange pour produire, de force, des preuves de cœur, de dévouement et de grandeur ? Alors que nous, les arts, le théâtre, nous sommes montrés incapables de rien produire, de rien mûrir, chez ces mêmes êtres, incapables d'en transformer un seul. Notre métier a-t-il un autre but que de susciter, sous une forme pure, grande et libre, des occasions de transmutation ; l'avons-nous donc fait si mal, si à moitié, de façon si peu convaincue et convaincante ? Voilà ce qui est souffrance, question, depuis bientôt un an, et devoir : de le faire plus intensément, plus implacablement. Comment*[132] *?...*

Dans une ébauche de préambule à une lecture de poèmes qu'il est invité à faire en Suisse, en automne 1919, il pose nettement la question :

*Je n'ai pas attendu ces années terribles pour m'astreindre à examiner si un tel travail était légitime.*

*Déjà quand je marchais, voilà près de vingt ans, à côté de Léon Tolstoï dans les prairies de myosotis de Iasnaïa Poliana, il me fallut prendre une décision fondamentale.*

*Et depuis, je ne sais combien de fois, à chaque tournant de ma route, j'ai mis en question mon propre travail sans esquiver les difficultés, je me suis sondé, poussé au pied du mur, me demandant si j'avais le droit de m'y obstiner.*

*Qui pourrait rien assurer pour l'avenir ?*

*Mais jusqu'aujourd'hui la voix intérieure de la responsabilité m'a toujours répondu oui.*

*Les travaux dont je me permettrai de vous proposer quelques exemples sont issus, d'une certaine manière, de la conviction que c'est une tâche spécifique légitime que de*

*présenter la vastitude*
*la variété*
*la complétude même du monde*
*sous forme de pures preuves* [133].

Cette *complétude* à prouver, c'était en fin de compte, surtout, l'accord de la vie et de la mort dans cet espace nouveau que tout l'espoir de Rilke était de parvenir un jour à célébrer, s'il lui était donné d'achever les *Élégies* ; ainsi qu'il le précise lui-même dans ces lignes de janvier 1919 à la comtesse Stauffenberg : *Si, dans la perturbation et le désarroi général de l'humain, et aujourd'hui aussi de la vie publique, je puis encore voir devant moi une tâche, pure, indépendante, ce ne saurait être que celle-ci : fortifier la familiarité avec la mort à partir des joies et des splendeurs les plus profondes de la vie ; refaire d'elle, qui ne fut jamais une étrangère, pour notre connaissance et notre sensibilité, la complice de tout ce qui vit*[134].

Ainsi Rilke, même atterré par la guerre, même désespérant de jamais retrouver la voix, restait-il fidèle à sa conviction initiale. La lecture de Hölderlin, après celle de Klopstock, poètes hymniques, contribuait, en même temps que l'expérience intérieure, à affermir, à durcir son langage. Il se sentait, plus que jamais, sans abri (et, réduit à peu, il était plus puissant qu'en ses moments d'heureuse abondance) :

*Exposé sur les montagnes du cœur. Vois, tout petit,*
*[là-bas,*
*vois : le dernier hameau de paroles, et plus haut,*
*mais si petite aussi, une dernière bergerie*
*de sentiment. Discernes-tu ?*
*Exposé sur les montagnes du cœur. Pierraille*
*sous les mains. Sans doute pousse ici*
*encore quelque fleur ; sur le gouffre muet*
*fleurit une herbe qui ne sait, chantant.*
*Mais pour qui sait ? ah, qui commençait à savoir*
*et se tait maintenant, exposé sur les montagnes du*
*[cœur.*
*Sans doute passe ici, la conscience intacte,*
*mainte bête, de sûres bêtes de montagne*
*qui changent, qui s'attardent. Et le grand oiseau abrité*
*tournoie autour du pur refus des cimes. – Mais*
*ici, sans abri sur les montagnes du cœur*[135]*...*

Ce poème date du 20 septembre 1914. Rilke est à Irschenhausen, près de Munich ; une fois encore, une figure féminine rompt sa solitude :

*Une fois encore jusqu'à l'exposé*
*qui lutte sur les montagnes de son cœur*
*s'éleva le parfum des vallées. Et il but*
*le dernier souffle comme la nuit boit les vents.*
*Se releva, but ce parfum, et but, et se mit à genoux*
*une fois encore.*
*Au-dessus de son domaine de cailloux*
*la vallée sans souffle du ciel*
*avait croulé. Les étoiles ne cueillent pas*
*l'abondance que portent les mains humaines ;*
*muettes, elles traversent, comme par ouï-dire,*
*un visage pleurant*[136].

Les beaux poèmes qu'il dédie à Lou Albert-Lasard en cet automne 1914 laissent retentir ensemble, sans illusions, douleur et plaisir ; quelquefois ils s'abîment dans une mélancolie infinie :

*Encore, quoique nous connaissions le paysage de*
*[l'amour*
*et le petit cimetière aux noms plaintifs*
*et l'effrayant silence du gouffre où les autres*
*finissent, encore nous sortons à deux*
*sous les vieux arbres, encore nous sommes couchés*
*entre les fleurs, face au ciel*[137].

En dépit de ce qui l'ébranlait dans ses profondeurs, Rilke, à Munich, ne vivait pas retiré. Cet homme qui avait avoué à Lou Andreas-Salomé, à Benvenuta, combien il pouvait être dur dans les rapports humains, n'en gardait pas moins, même aux pires moments, d'immenses réserves d'attention à autrui. Peu de grands écrivains auront été, autant que lui, capables de s'ouvrir à l'œuvre d'autres créateurs ; non seulement de vénérer celle des grands maîtres qu'il s'était choisis (Jacobsen, Rodin, Cézanne) ou d'égaux (Verhaeren, Kassner, Valéry), mais d'admirer et de défendre celle de jeunes écrivains peu ou pas connus. Ainsi Regina Ullmann, jeune femme écrivain de Suisse allemande, auteur de nouvelles, que Rilke ne cessa d'encourager et de soutenir ; ainsi Werfel. Dans l'atelier de son amie Lou Albert-Lasard, il rencontra Hans Carossa, écrivain qu'il lui arriva d'envier, dans ses périodes de dépression, d'être *aussi* un simple médecin de campagne, et qui a rappelé dans ses souvenirs leur première rencontre : « J'arrivai devant la maison en même temps que Rilke s'en approchait de son côté. Il me jeta un regard aigu, mais totalement absent [...] Plus je m'approchais, plus me frappait ce que son visage avait d'éteint ; un grand oiseau de forêt que j'avais vu mourir un jour m'avait laissé une impression analogue [138]. »

Il y eut aussi, au cours de l'hiver 1914-1915, les causeries de ce personnage « grotesque et touchant » selon Kassner, Alfred Schuler, que Rilke évoque pour la princesse de La Tour et Taxis : *Quelques conférences auxquelles on a récemment décidé un homme d'ordinaire tout à fait retiré, ont suscité beaucoup d'émotion et d'intérêt dans le petit cercle qui s'y retrouvait. J'ai beaucoup pensé à vous, souhaitant vous avoir là – imaginez un homme qui, partant d'une pénétration intuitive de l'ancienne Rome impériale, entreprend de donner une explication du monde où les morts seraient les étants véritables, le royaume des morts une existence unique, inouïe, et notre petit laps de vie une sorte d'exception au sein de celle-ci : le tout soutenu par d'immenses lectures et un tel influx de conviction vécue que le sens de mythes immémoriaux semblait se précipiter, dissous, dans le lit de ce fleuve verbal, portant la conviction entêtée de cet étrange original sur un plus vaste courant*[139]... Rilke reconnaît d'ailleurs se sentir à la fois attiré par ce personnage et séparé de lui, comme il l'était à l'égard des expériences de para-psychologie de la princesse. Certaines visions de Schuler devaient trouver leur développement dans la pseudo-mystique du nazisme. Rilke, lui, comme à l'accoutumée, n'en garda que ce qui confirmait son intuition de la totalité vie-mort, en particulier certaines images de rites funèbres qui resurgissent dans les *Sonnets à Orphée*, et ce terme d'*Ouvert* qui désignera bientôt, chez lui comme chez Schuler, l'espace commun aux morts et aux vivants. Il n'y eut là rien de plus qu'un appui extérieur, fortuit, à des intuitions qui nourrissaient depuis longtemps son œuvre.

Il y eut enfin, après l'armistice, la tentative de révolution, aux débuts de laquelle Rilke, si étranger d'ordinaire à la politique, resta moins insensible qu'on n'eût pu le croire : *J'avoue que j'ai pu témoigner d'abord d'une certaine confiance, immédiate et joyeuse, à la subversion ; depuis que je suis capable de penser, en effet, je ne souhaite rien plus instamment à l'humanité, sinon qu'elle soit mise en mesure de tourner quelque jour une page toute nouvelle de l'avenir, où l'on n'ait pas à reporter le total des fautes d'un passé fatal. La révolution me parut être un de ces moments propices. Mais il a été saisi et exploité par une minorité trop occasionnelle et tout à fait ininspirée, – l'esprit n'a essayé qu'après coup de s'introduire et de s'imposer, et n'avait d'ailleurs d'esprit que le nom, aucune jeunesse, aucun feu, aucune conviction de nature. Peut-être les révolutions ne sont-elles possibles qu'aux moments de pléthore, en tout cas pas après une saignée de quatre ans. Du fait que nous n'avons jamais vu la paix en totalité, mais ne pouvons qu'en recueillir les mille morceaux en quoi elle s'est brisée en tombant de trop de mains, nous avons été frustrés, chaque individu, de la profonde reprise d'haleine qui nous semblait promise. Après les travaux et les misères sans nom de la guerre, le plus indispensable eût été un moment de sécurité et de répit ; on se demande comment l'énorme travail constamment nécessaire devrait à présent se rattacher aux travaux crispés des combats. Je comprends d'ailleurs par révolution l'élimination des abus au profit de la tradition la plus profonde, et avec une telle conception, je ne considère pas sans une grande appréhension, vous le devinez, le présent et l'avenir immédiat. Néanmoins, laissez-nous, chacun à sa place, planter un intime espoir. Mon inclination est, maintenant plus que jamais, de faire ce qui est en mon pouvoir réel, tout à l'encontre de l'appel de l'époque qui voudrait détourner chacun de son pouvoir propre pour l'entraîner dans le dilettantisme politique*[140]...

À la fin de l'automne 1915, la voix profonde, à travers la gorge longtemps nouée, se risqua de nouveau. Une suite de poèmes des tout premiers jours de novembre (parue seulement après la mort de Rilke) tente, pour la première fois, de nommer le plaisir :

*De quoi sommes-nous proches ? De la mort ? De ce*
*[qui*
*n'est pas encore ? Que serait glaise à glaise*
*si, sensible, le dieu ne formait la figure*
*qui croît entre nous. Comprends donc :*
*ceci est ma chair qui renaît.*
*Aide-la doucement à passer*
*de son ardente tombe*
*à ce ciel que j'ai en toi*[141]...

On se rappelle alors la *Deuxième Élégie* louant la légèreté du geste sur les stèles attiques et la lettre à Lou Andreas-Salomé qui faisait de pareils gestes la *seule relation* que Rilke jugeât possible entre lui et l'autre ; on pense à la célébration inlassable des Délaissées dont l'amour n'est si grand que parce qu'il est inassouvi. Et l'on éprouve quelque difficulté à accorder à ce mouvement, qui paraît si proche de l'ascension spirituelle du *Banquet*, l'étrange paysage qui se compose dans ces poèmes autour d'un dieu phallique, et où Rilke oppose expressément au ciel chrétien le ciel du corps. Mais certains passages des lettres à Franz Kappus (les célèbres *Lettres à un jeune poète*), écrites dès 1903-1904, nous reviennent alors à l'esprit : *La volupté de la chair est une chose de la vie des sens au même titre que le regard pur, que la pure saveur d'un beau fruit sur notre langue, elle est une expérience sans limites qui nous est donnée, une connaissance de tout l'univers, la connaissance même dans sa plénitude et sa splendeur. Le mal n'est pas dans cette expérience, mais en ceci que le plus grand nombre en mésusent, proprement la galvaudent*[142]... Et encore : *Les sexes sont peut-être plus parents qu'on ne le croit ; et le grand renouvellement du monde tiendra sans doute en ceci : l'homme et la femme, libérés de toutes leurs erreurs, de toutes leurs difficultés, ne se rechercheront plus comme des contraires, mais comme des frères et sœurs, comme des proches. Ils uniront leurs humanités pour supporter ensemble, gravement, patiemment, le poids de la chair difficile qui leur a été donnée*[143].

D'autres textes, plus tard, viendront préciser et confirmer ces vues ; la *Lettre du jeune ouvrier*, écrite entre le 12 et le 15 février 1922, c'est-à-dire à un moment crucial, dans le plein courant des *Élégies*, entre la *Dixième* et la *Cinquième*. Après un brouillon de souvenirs sur Verhaeren, Rilke imagina une lettre adressée à ce poète par un jeune ouvrier après l'avoir entendu lire de ses poèmes. Mais, plus que de cette lecture, c'est d'une réunion chrétienne subséquente que l'ouvrier part dans sa lettre, où s'affirme avec passion le vieux refus rilkéen du Christ ; et ce refus se fonde essentiellement sur le tort fait à l'Ici-bas par l'Au-delà chrétien, en particulier en ce qui concerne le péché : *Et c'est là, dans cet amour qu'avec un intolérable mélange de mépris, de convoitise et de curiosité ils appellent « sensuel », c'est là qu'il convient sans doute de rechercher les plus déplorables conséquences de ce rabaissement que le christianisme crut bon de ménager au terrestre. Là, tout est défiguré, refoulé, quoique nous fassions de ce si profond événement et que nous possédions en lui le centre de nos ravissements. Puis-je l'avouer ? Il m'est de plus en plus incompréhensible qu'un principe qui nous met dans notre tort* là *où la créature tout entière jouit de son droit le plus sacré, qu'un tel principe ait le droit de continuer – sinon à jamais s'avérer, du moins à s'affirmer.*

Pourquoi, puisque la faute ou le péché devait être inventé *à cause de la tension intérieure de l'âme, pourquoi ne l'a-t-on pas fait porter sur une autre partie de notre corps, pourquoi le fit-on tomber là, attendant que le péché se dissolve en notre source pure pour la troubler et l'empoisonner ? Pourquoi nous a-t-on rendu notre sexe apatride au lieu d'y transférer la fête de nos pouvoirs intimes ?*

Et encore : *Le mensonge et l'insécurité épouvantables de notre époque ont leur source dans le bonheur inavoué du sexe, dans cette culpabilité singulièrement erronée qui s'accroît sans cesse et nous coupe de tout le reste de la nature, même de l'enfant, – et pourtant, comme je l'appris en cette inoubliable nuit, l'innocence de l'enfant ne consiste absolument pas dans le fait qu'il ignorerait, pour ainsi dire, le sexe, – « au contraire, dit Pierre d'une voix presque neutre, cet insaisissable bonheur qui s'éveille en* un *endroit dans la pulpe de l'étreinte est encore répandu anonymement sur tout son corps. Pour définir la situation singulière de notre sexualité, on pourrait donc dire : autrefois nous étions* partout *enfant, maintenant nous ne le sommes plus qu'en un endroit*[144].

Un mois plus tard, Rilke reviendra sur ce thème dans une lettre à Rudolf Bodlander : *L'effrayant, c'est que nous n'avons pas de religion au sein de laquelle ces expériences, littérales et tangibles comme elles le sont (donc, aussi bien, indicibles, et intangibles), puissent être haussées jusqu'en Dieu, sous la protection d'une divinité phallique qui sera peut-être la première d'une troupe de dieux à revenir parmi les hommes, après une si longue absence*[145]*...*

Est-ce le même poète qui parle, ici et là ? Ou ne l'avons-nous pas plutôt mal compris si, lisant la *Deuxième Élégie*, les textes qui la commentent et certain passage de *Malte* cité plus haut, ou encore *Poupées*, nous avons imaginé un Rilke pour qui la possession serait la mort de l'amour ? Il est vrai que, déjà, certains des *Nouveaux poèmes*, chargés d'une sensualité dense comme un parfum, auraient pu nous mettre en garde ; il est vrai que nous aurions dû lire aussi, après *Malte*, ce sermon français anonyme, *l'Amour de Madeleine*, dont Rilke s'était épris au point de le traduire et d'écrire, le 28 janvier 1912, à Hedda Sauer : ... l'Amour de Madeleine, *sermon d'une sublime grandeur qui, l'eussé-je connu, m'eût peut-être épargné le* Malte : *tant il va dans la direction de ce cœur, à ceci près qu'allant jusqu'au bout, il dépasse de loin l'infortuné Brigge*[146]. Sans doute ce sermon célèbre-t-il l'accord de l'amour et de l'adieu (*l'adieu, seul bien commun*, dira un poème français tardif), l'amour comme distance spirituelle, comme direction du cœur, flèche sans but, pure ardeur, qui est celui des *Élégies* : *C'est pourquoi la divine Épouse, ayant connu par expérience que Dieu aime à se communiquer de la sorte en se retirant, que ses fuites sont des attraits, ses délais des impatiences, ses refus des dons, ses dédains des caresses ; et voyant qu'elle ne le possède jamais mieux que lorsqu'elle semble le perdre ; après s'être tout épuisée en l'appelant, instruite par ses épreuves du mystère de l'amour durant l'exil, elle poursuit ses transports et son cantique en disant : Fuis, mon bien-aimé* ; Fuge, dilecte mi. *Elle veut qu'il fuie avec la même vitesse qu'elle lui avait désirée pour venir*[147]...

Mais quels singuliers accents chez ce prêtre : *Que vois-je ici, ô amour ! Un spectacle vraiment admirable : Madeleine captive de Jésus, et Jésus captif de Madeleine. Mettant sa tête aux pieds de Jésus, elle se déclare assez sa captive ; mais tenant les pieds de Jésus, elle le fait aussi son captif. Comment tient-elle les pieds de Jésus ? Elle les tient par sa bouche, en les baisant mille et mille fois ; elle les tient par ses yeux, en les arrosant de larmes ; elle les tient par ses mains, en les embrassant et les parfumant. Tout cela n'arrête pas, et il faut des chaînes. Déployez vos cheveux, ô Madeleine, et liez-en les pieds de Jésus*[148]. Rilke, qui avait écrit en 1906 une *Pietà* :

*Ainsi, ô Jésus, je revois tes pieds*
*qui étaient les pieds d'un adolescent*
*quand je les dénudai, tremblante, et lavai ;*
*qu'ils étaient égarés dans mes cheveux,*
*un blanc gibier dans le buisson d'épines*[149],

ne devait-il pas trouver dans ce sermon autre chose qu'une spiritualité de la distance : plutôt une sensualité portée à l'incandescence par la distance ? Kassner, en écrivant qu'il n'y avait pas trace de platonisme dans les *Élégies de Duino*, qu'elles étaient de la « sensualité sublimée », n'avait pas entièrement tort. Rilke s'était toujours fié à ses sens, à tous ses sens, plus qu'aux pensées et même qu'aux sentiments ; plus il mûrissait, mieux il comprenait que ce qui avait été atteint dans son enfance, à la faveur de ténèbres qu'il n'oserait jamais affronter, c'était l'innocence du désir.

Quand il célébrait la relation lointaine, c'était celle qui lui restait possible, à lui, dans sa situation particulière ; les poèmes de novembre 1915 ne pouvaient être, pour lui, qu'une exception (et malgré tout, semble-t-il, inavouée) ; mais la tentative qu'il y fait de peindre un *paysage du plaisir* comme il peindra bientôt le paysage de la mort dans la *Dixième Élégie* (et la *montagne première du plaisir* des uns annonce les *montagnes de la douleur première* de l'autre) n'en correspond pas moins, comme les exposés des lettres citées, à une volonté sincère d'intégrer dans sa poésie la totalité de l'expérience humaine. Tâche qu'il ne pouvait accomplir lui-même jusqu'au bout, surtout dans ce domaine ; tâche, à la limite, impossible.

La question de l'amant était :

*De quoi sommes-nous proches ? De la mort ? De ce [qui*
*n'est pas encore ?*

Mais lui, certes, à ce moment-là, c'est de la mort, une fois de plus, qu'il était le plus proche ; et non pas de la mort intégrée au Tout et complice de la vie, mais de la plus atroce, celle que seul un langage crispé peut essayer de saisir. C'est le poème du 9 novembre 1915 :

*La mort est là, bleuâtre décoction*
*dans une tasse sans soucoupe.*
*Tasse bizarrement posée*
*sur le dos d'une main. On voit encore*
*très bien dans le galbe vernissé*
*la cassure de l'anse. Poussiéreuse. Et sur le tour,*

*en lettres usées,* Espé-rance.
*C'est ce que le buveur qu'attend ce breuvage*
*en quelque aube lointaine a déchiffré.*

*Qu'est-ce donc que ces êtres*
*qu'il faut finir par chasser au poison ?*

*Resteraient-ils, sinon ? Se sont-ils entichés*
*de ce menu revêche ?*
*Il faut leur retirer l'aride*
*réel comme un dentier.*

*Ils bégaient alors : bégaiements, bégaiements...*

*O pluie d'étoiles*
*d'un pont naguère pénétrée,*
*que je ne t'oublie pas ! Tenir*[150].

Poème éclairé par une lettre du même moment à Lotte Hepner où il lui conseille, pour mieux comprendre la mort, de lire Tolstoï : *Son expérience énorme de la nature (je connais peu d'hommes qui aient été si passionnément intégrés à la nature) lui donnait une aptitude surprenante à penser et à écrire en fonction du Tout, en fonction d'un sentiment de la vie si imprégné de la plus fine dilution de mort que celle-ci semblait partout présente, comme une épice singulière dans la forte saveur de la vie – ; mais c'est aussi pourquoi il lui arrivait d'éprouver une terreur profonde, hagarde, en découvrant soudain quelque part l'existence de la mort pure, le flacon plein de mort ou cette horrible tasse à l'anse brisée, à l'absurde inscription « Foi, Amour, Espérance » où l'on vous force à avaler toute l'amertume de la mort non diluée*[151]. D'où il ressort que le christianisme (que vise évidemment l'inscription de la tasse), aux yeux de Rilke, de même qu'il fausse l'amour charnel, fausse la mort en la détachant de la totalité. À cette caricature de la mort, et de la vie, il ne peut qu'opposer, comme une dissonance sans résolution, le signe d'une pluie d'étoiles : *le cœur s'éprouvait comme un Tout / Sous les décombres de leur éclat*[152], dira un poème de 1924.

Le 13 de ce même mois de novembre, pensant à la mort récente d'un enfant de huit ans, Rilke écrit le *Requiem pour la mort d'un enfant* ; et dix jours plus tard, une nouvelle *Élégie*, celle qui devait prendre dans l'ensemble la quatrième place, autre poème très âpre, d'une belle couleur sombre, qui s'achève sur l'image de la mort enfantine. L'*espace angélique* entrevu en janvier 1912 à Duino, espace ailé et bruissant malgré les plaintes qui le traversent, il y avait des années que Rilke en était exclu. Maintenant, il parle comme un homme qui, pour avoir été trop impatient peut-être de l'ouverture, s'est heurté à d'implacables murs et dont le langage même se crispe, se rétracte :

*... Hostilité,*
*Le Tout-proche, pour nous. Les amants*
*ne se heurtent-ils pas toujours, l'un dans l'autre,*
*[à des arêtes,*
*eux qui se promettaient chasse, espace et patrie*[153].

Rejeté dans les régions extrêmes de la solitude, il se voit devant le théâtre de son cœur, le théâtre de tout cœur humain, dont l'unique décor, quelque scène qui s'y joue, est, on ne le sait que trop, *l'adieu* ; beaucoup se détournent de ce spectacle dans le divertissement ou le mensonge. Lui, veut l'affronter :

*Même si s'éteignent les lampes, même si*
*l'on me dit : c'est la fin – même si, de la scène*
*le vide vient à moi dans le gris courant d'air,*
*même si nul de mes silencieux ancêtres*
*n'est plus assis auprès de moi, aucune femme,*
*même pas le garçon à l'œil brun qui louchait ;*
*je resterai. Il y a toujours à voir*[154].

Car rester, regarder, pense-t-il, pourrait être la dernière chance de forcer l'ange (si lointain, depuis si longtemps) à revenir, pour animer, sur la scène intérieure, la marionnette *au visage d'apparence* (dont il avait pu trouver l'antécédent chez Kleist, ou chez Kassner), c'est-à-dire de rapprocher la pure intériorité de la pure extériorité, afin que se *rassemble ce que nous ne cessons / de diviser en étant là.* (Mais l'ange est-il un être que l'on puisse contraindre ?) Et la pensée de la division entraînant celle de la plénitude, l'image de l'enfance comme d'un intervalle *content de la durée* revient ; et Rilke, renonçant à la peindre dans son secret, s'étonne par-dessus tout qu'elle puisse *toute la mort, encore avant la vie, si / doucement la contenir, sans s'irriter*[155]...

D'autres que Carossa ont pu croiser, au cours de ces années de guerre, ce « grand oiseau de forêt » marqué d'un signe funèbre ; beaucoup ont entendu ses plaintes. Il ne pouvait attendre d'aide de personne, mais ne pouvait s'empêcher d'en espérer encore ; toute la laideur qu'il n'avait pas su intégrer à son monde se retournait contre lui pour le détruire ; la mort dépourvue de sens qu'il avait vue au travail à Paris avait envahi l'Europe, en multipliant à perte de vue ses assauts. Depuis le sursaut de novembre 1915, brisé par le rappel sous les drapeaux, Rilke n'avait pratiquement plus écrit, pendant plus de trois ans, ce qui ne lui était jamais arrivé. Il n'en gardait pas moins un seul désir : achever le cycle d'*Élégies* dont il avait entrevu la courbe à Duino, tracée pour englober la totalité du monde, du Terrible au Radieux.

Le 11 juin 1919, Rilke quittait l'Allemagne à l'occasion d'une lecture publique de ses poèmes à Zurich, sans du tout savoir où il vivrait ensuite, mais conscient qu'il lui fallait, à tout prix, trouver un autre Duino, d'assez hauts remparts de silence pour que la voix la plus intérieure, devenue tellement faible, pût de nouveau être perçue.

## L'approche du travail

*Ce revirement de toutes les forces, ce changement de direction d'âme ne se fait jamais sans mainte crise*[156]*...*

Rilke, après un bref séjour au bord du Léman, passa deux mois à Soglio, dans les Grisons. La Suisse, d'abord, le rebuta ; il en trouvait les beautés trop voyantes, c'était une *exposition de paysages* comme l'Italie avait été à ses yeux une *exposition de printemps. Sûrement pas un pays pour moi*[157]..., écrit-il en août. Peu à peu, il allait être séduit par certains lieux, Berne surtout, touché par l'accueil de quelques familles patriciennes dont l'appui devait lui être ensuite d'un grand secours : les Burckhardt, les Reinhardt...

Rilke n'écrivit guère, à Soglio, qu'une prose, *Ur-geräusch* (traduite en français sous le titre *Rumeur des âges*[158]), étrange rêverie sur les correspondances entre les sens dont son œuvre est si riche et devait bientôt explorer encore plus avant les ressources.

Le lieu qui parut d'abord à Rilke propice à ce *revirement* de toutes ses énergies vers le travail qu'il lui fallait à tout prix accomplir, fut le château de Berg am Irchel, près de Zurich. Il y arriva le 12 novembre 1920, après un bref séjour à Paris où il lui sembla retrouver miraculeusement la continuité de sa vie. Il fut plus difficile d'en assurer la clôture contre l'amour. Rilke avait retrouvé à Genève, fin 1919, celle qu'il appelait « Merline » : Baladine Klossowska, rencontrée naguère à Paris. Une fois de plus, il s'était pris au piège de l'amour (à ce qui, pour lui, était à la fois une nécessité et un piège). Il lui fallut, non sans quelque duplicité, déployer de grands efforts pour faire accepter à Merline son besoin de solitude sans la porter au désespoir. Mais, en conséquence de ces difficultés ou pour d'autres raisons encore, le séjour à Berg fut décevant. Rilke n'en rapporta qu'un ensemble d'une vingtaine de poèmes qu'il intitula *Poèmes posthumes du comte C. W.*, les attribuant à un hôte imaginaire du château, et qu'il considéra toujours, à juste titre, comme un jeu (où seule la résurgence de quelques images égyptiennes a son prix) ; et une ébauche d'élégie où il avait essayé, une fois de plus, de ressaisir son enfance, et l'angoisse, propre à l'enfance,

*le prompt soupçon que désormais*
*on ne pourra jamais saisir plus qu'une part,*
*un morceau, cinq morceaux de l'existence, même pas*
*tous compatibles, et tous caducs*[159]*...*

le soupçon à partir duquel la vie devient invivable.

Il se peut que cette élégie soit restée inachevée parce qu'elle risquait de répéter la *Troisième* et la *Quatrième* ; il se peut aussi que le poète ne l'ait pas vue sans effroi glisser, comme en témoignent les esquisses de la suite, vers des gouffres redoutés ; et il est singulier que cette dérive se produise justement avec l'introduction de la *poupée*, comme si décidément s'attachait à cet objet une très lointaine et secrète répulsion :

*... Soudain remplie d'une moitié de l'existence*
*elle s'abat...*
*miroir, les abîmes de la poupée*
*elle tombe dans le –*
*et les choses rougissent pour la poupée*
*miroir – égouts craignez-les*
*y a-t-il un mort (dans la maison) dans la pièce*
*– voilez-les, qu'il ne devienne pas l'affreuse*
*poupée de la maison (enfantine),*
*qu'il ne joue pas avec lui, le*
*dressant, contre –*
*car alors nous échappons* [160]

L'amour de Merline, cependant, avait surmonté les épreuves. Rilke, faute de pouvoir tout concilier comme il l'eût sans doute souhaité, se préoccupait de son sort, partageait ses soucis maternels. Il avait écrit une préface à des dessins du cadet, le futur peintre Balthus, il soutenait l'aîné, Pierre Klossowski, qui rêvait de se rendre à Paris. Après que Rilke eut dû abandonner Berg où revenaient les propriétaires, il retrouva Merline à Étoy ; à la fin du mois de juin 1921, s'étant rendus en Valais, ils découvrirent dans une vitrine une photographie du petit manoir de Muzot, au-dessus de Sierre. Werner Reinhardt le loua pour Rilke, Merline le lui installa, puis partit pour Berlin.

## L'accomplissement

*Nous ne sommes que bouche. Qui chante le*
*lointain cœur*
*ayant séjour, intact, au centre de tout*[161] *?*

Dans cette vie d'errant sans patrie nommée, en réalité soumise à des lois moins visibles mais plus fortes, dans cette vie où Rilke rompait un à un tous les liens qui ne lui étaient pas essentiels pour la resituer sans relâche, au prix d'efforts souvent cruels pour les autres et pénibles pour lui, dans la constellation des purs rapports, dans cette vie au fond très cohérente, aux quelques lieux qui avaient joué un rôle déterminant : la Russie, Paris, Capri, la Provence, Duino, l'Égypte et Tolède, allait maintenant s'ajouter, et en permettre l'accomplissement, le Valais. Avant même de s'installer à Muzot, Rilke écrit à Marie de La Tour et Taxis : ... *Mais ce qui d'autre part me retient encore, c'est ce merveilleux Valais : je fus assez imprudent pour descendre dans cette vallée, jusqu'à Sierre et à Sion ; je vous avais parlé de la magie combien singulière que ces lieux exerçaient sur moi, lorsque je les vis pour la première fois, l'an dernier à l'époque des vendanges. Le fait que dans la physionomie de ce paysage l'Espagne et la*

*Provence s'entrepénètrent de façon si étrange, m'avait déjà fortement ému naguère ; car ces deux pays au cours des dernières années d'avant-guerre m'ont tenu un langage plus puissant et plus décisif que tout le reste : et dès lors jugez du fait d'entendre leurs voix réunies dans une vaste vallée des montagnes de la Suisse !* [...] *c'est ainsi que l'esprit d'un grand fleuve (et le Rhône me fut toujours l'un des plus admirables !) porte à travers les pays les dons et les affinités. Sa vallée est ici tellement large, tellement grandiose, remplie de coteaux dans le cadre des grandes chaînes de montagnes, qu'elle offre sans cesse à la vue le jeu des variations les plus ravissantes, en quelque sorte un jeu d'échecs, composé de collines. Jeu qui distribuerait et déplacerait les collines – c'est bien là l'effet, digne de la création, qu'exerce le rythme de l'ordonnance des objets contemplés, ordonnance qui se renouvelle étonnamment à chaque fois que l'on change de point de vue – et les vieilles demeures, les vieux châteaux forts, se meuvent dans ces jeux d'optique avec d'autant plus de charme que le plus souvent les demeures ont, pour arrière-plan, la pente d'un vignoble, la forêt, le pré, ou de grisâtres rochers, et s'intègrent à cet arrière-plan comme les images d'une tapisserie ; car le ciel le plus indescriptible (presque sans pluie) prend part de très haut à ces perspectives et les anime d'une atmosphère tellement spirituelle que la position réciproque des choses, tout comme en Espagne, semble, à certaines heures, manifester cette tension que nous croyons percevoir entre les astres d'une constellation*[162]. Le grand mot est dit. Enfermé, abrité, au centre d'un paysage ordonné comme un poème, où s'accordent enfin de nouveau le ciel et la terre, dans un monde qui semble apaisé, Rilke peut espérer rejoindre enfin, ici ou jamais, le centre de son univers intérieur. Et, pour y parvenir, il commence par mettre à jour une correspondance chaque année plus envahissante, bien décidé à l'interrompre ensuite le temps qu'il faudra. Le 26 novembre 1921, à peine installé, il écrit à Gertrude Ouckama-Knoop, une amie de Munich dont la fille, Véra, très douée pour la danse et la musique, mais malade, était morte à dix-neuf ans, en la priant de lui envoyer *quelque petit objet que Véra aimait, quelque chose, si possible, qui ail été beaucoup, réellement, auprès d'elle*[163]. Le 1er janvier 1922, il reçoit, sans doute en réponse à cette prière, les *cahiers* où Gertrude Ouckama-Knoop relatait la maladie de sa fille, et l'en remercie : *Quelle merveille unique, incomparable est un humain ! Il parut, au moment même où pouvait s'épuiser d'un coup tout ce qui d'ordinaire eût suffi pour un long « être-là » (être-où ?), il parut ce surcroît de lumière dans le cœur de la jeune fille, dans lequel deviennent visibles, grâce à cet éclairage infini, les deux bords extrêmes de sa pure intuition* ; à savoir, *que la souffrance est une erreur, un sourd malentendu qui surgit dans le corps et qui enfonce son coin, son coin de pierre, dans l'unité du ciel et de la terre – et, d'autre part, cet accord total de son cœur ouvert à tout, avec l'unité du monde qui est et qui demeure, ce* oui *à la vie, cette adhésion émue, active jusqu'au dernier moment, à l'Ici – à l'Ici seulement ? Non (cela, elle ne pouvait le savoir, sous les premiers assauts de la rupture et de l'adieu) – au Tout, à quelque chose qui est beaucoup plus que l'Ici*[164]...

*L'unité du ciel et de la terre*, déjà signifiée par le paysage valaisan, le destin de la jeune morte vient ainsi la confirmer. Durant tout le mois de janvier, Rilke écrit encore de nombreuses lettres, tout ouvertes aux problèmes d'autrui ; mais ce signe qui lui est venu d'un destin pareil à ceux où il a toujours vu des preuves de l'Être, ce signe a touché le centre fermé, presque mort, de son cœur, l'a rendu à sa plus singulière vérité. Entre le 2 et le 5 février, Rilke compose vingt-six sonnets qu'il annonce, le 7, à madame Knoop : *En quelques jours d'immédiat saisissement, alors que je pensais m'attaquer à tout autre chose, ces sonnets m'ont été donnés.*

*Vous comprendrez au premier coup d'œil pourquoi vous devez être la première à les posséder. En effet, si diffus que soit le rapport (un seul sonnet, l'avant-dernier, le* XXIVe*, inscrit dans cette émotion qui lui est vouée, la figure même de Véra), il domine et anime le mouvement de l'ensemble, et n'a cessé d'imprégner davantage – mais si secrètement que je ne l'ai reconnu que peu à peu – cette naissance irrésistible qui m'ébranle*[165].

Alors se produit, plus généreux, plus soudain, plus violent qu'il ne l'eût jamais imaginé, après dix ans d'attente, l'afflux poétique dont nous-mêmes ne pouvons cesser d'être surpris. Ce même jour, le 7 février, il écrit la *Septième Élégie*, la *Huitième* entre le 7 et le 8. Le 9, les derniers vers de la *Sixième* (commencée en 1913) et la *Neuvième*. Le 11, il achève la *Dixième*. Aussitôt, il en annonce l'achèvement à Marie de La Tour et Taxis :

*Enfin,*

*Princesse,*

*enfin voici le jour béni,*

*– ô combien béni, dès lors que je puis vous annoncer la conclusion, pour autant que je prévois, – des*

ÉLÉGIES

*au nombre de :*

DIX

*De la dernière, la grande, dont fut commencé, jadis à Duino, le début* : Dass ich dereinst, an dem Ausgang der grimmigen Einsicht, Jubel und Ruhm aufsinge zustimmenden Engeln… ; *de cette dernière dont en effet, autrefois déjà, il était entendu qu'elle serait l'ultime – de celle-là – dis-je – la main me tremble encore ! À l'instant, ce samedi 11, vers les six heures du soir, elle vient d'être achevée !*

*Le tout en quelques jours ; ce fut une tempête qui n'a pas de nom, un ouragan dans l'esprit – comme* AUTREFOIS *à* DUINO ; *tout ce qui est « fibre et tissu » en moi, a craqué, quant à manger durant ce temps, il ne fallait pas y songer, Dieu sait, qui m'a nourri.*

*Mais dès lors cela est. Est. Est.*

*Amen.*

*C'est donc pour cela seul que j'ai subsisté, envers et contre tout ! Et c'était bien cela, qui faisait défaut. Rien que cela*[166]*…*

Mais l'élan se prolonge : le 14, Rilke compose une nouvelle *Élégie*, dite des *Saltimbanques*, qu'il substitue aux *Antistrophes*[167] à la cinquième place, au centre du cycle. Cette fois, l'ensemble est clos. Néanmoins, entre le 15 et le 23, une nouvelle série de vingt-cinq sonnets vient constituer la seconde partie des *Sonnets à Orphée*. Ajoute-t-on à ces deux livres – deux sommets – une dizaine d'ébauches importantes et la *Lettre du jeune ouvrier*, tout cela en moins d'un mois, on aura pris la mesure, quantitative, du miracle qui venait de récompenser la longue patience du poète. Prendre la mesure de ces œuvres est une autre affaire.

Au lecteur de Rilke qui garde en mémoire certaines pages des *Cahiers de Malte* ou ses méditations sur la poésie, qui a respiré l'essence subtile de quelques-uns des *Nouveaux poèmes*, à celui qui entend encore les inflexions de la voix qui, dans les *Requiem* de 1908, s'élève comme aux confins de la vie et de la mort, s'il a su ensuite écouter les *Élégies* et les *Sonnets* ou tel poème des dernières années jeté en appel aux dieux de l'origine, à ce lecteur ayant accueilli ces preuves successives que la Beauté ne nous avait pas encore découvert tous ses visages, et sachant surtout qu'il faudrait, si cette Beauté-là est un luxe ou un mensonge, que la lumière même en fût un, – les assauts livrés à Rilke par les doctrinaires ne peuvent qu'apparaître *à côté de la question*.

Sans doute les éléments de *doctrine* que l'on a essayé de *déduire* de cette œuvre – et que Rilke lui-même n'a pas peu contribué à en faire déduire – sont-ils, au sens propre du mot, *discutables*. Au pasteur Rudolf Zimmermann, qui l'avait probablement interrogé sur sa position religieuse, Rilke répondit, le 10 mars 1922 : *En ce qui concerne l'autre partie de votre bonne lettre, je ne puis y répondre aujourd'hui que par un simple merci. – Le thème que vous y reprenez, j'incline d'ailleurs de plus en plus à ne lui laisser la parole, à ma place, qu'à l'intérieur de mes travaux, où il se retrouve, métamorphosé et remodelé, à partir de sa source la plus intime. Dans la discussion, je serais trop exposé, par tempéra-*

*ment, à m'exprimer de façon par trop provisoire*[168]... Ce disant, loin de se dérober, Rilke désignait à son correspondant, comme à nous, cette *totalité* que nous avons à lire, aucun poème ne pouvant être traduit en prose comme s'il n'était que pensée ornée.

La *Première Élégie*, écrite à Duino en janvier 1912, avait commencé par une question et une supposition :

*Qui, si je criais, m'entendrait donc, parmi*
*les cohortes des anges ? et supposé même que*[169]...

Au même moment, Rilke avait noté le début de ce qu'il prévoyait devoir être la dernière *Élégie*, et ce début formulait un vœu :

*Qu'un jour enfin, sorti de la veille acharnée,*
*je chante joie et gloire à l'approbation des anges*[170]...

Et celle des *Élégies* qui a été composée en dernier lieu, pour prendre place au centre de l'œuvre, s'achève sur une supposition qui implique à la fois un vœu et une question :

*Ange ! Y aurait-il une place (que nous ignorons) et là,*
*sur un tapis ineffable, les amants qui jamais*
*n'y parviennent ici, montreraient-ils*
*les bonds risqués de leur cœur,*
*les tours faites de leur plaisir, et ces échelles*
*depuis longtemps, tout sol absent, qui n'ont*
*pour appui qu'elles-mêmes, chancelant – et*
*[réussiraient-ils*
*devant les spectateurs, les innombrables morts*
*[muets :*

*Jetteraient-ils alors – toujours épargnées,*
*toujours à nous cachées, mais ayant cours dans*
*[l'éternel, –*
*leurs dernières piécettes de bonheur devant le*
*[couple*
*au sourire enfin véridique, là,*
*sur le tapis apaisé*[171] *?*

Même le début de la *Septième Élégie*, qui semble célébrer la jubilation ivre du printemps et de l'été inaugurée par le chant de l'alouette, reste soumis à la réserve du conditionnel qui l'introduit :

*Que ton cri désormais ne soit plus, voix affranchie,*
*un cri de brigue ; encor serait-il pur comme le cri*
*[de l'oiseau*
*quand la saison montante le soulève...*
*... comme lui*
*tu briguerais sans doute...*

*Oh ! et le printemps comprendrait*[172]...

Questions, vœux, suppositions, doutes : dans l'ensemble des *Élégies* prédomine le mode subjonctif, le mode du *possible*, c'est-à-dire à la fois l'incertitude et l'ouverture. Même des affirmations plus fermes, ces espèces de sentences qu'on y rencontre parfois (*Car demeurer n'est nulle part – Être ici est splendeur – Hostilité nous est le plus proche*) doivent être entendues comme des nœuds, ou des haltes à l'intérieur de ce mouvement, de ces flottements qu'impose l'incertitude fondamentale.

Ce mouvement avait commencé, la voix des *Élé-*

*gies* s'était élevée à la fois parce qu'une distance douloureuse était vécue entre l'homme et l'ange, et parce que cette distance, si grande fût-elle, n'empêchait pas, malgré tout, que l'ange ne fût quelquefois entrevu dans son insoutenable éclat ; donc, à cause de ce *presque* qui revient si souvent sous la plume du poète, non comme un maniérisme, mais comme ce qui traduit et réserve la dernière chance de l'humain. Une distance *presque* infranchissable.

Ainsi, le doute sur notre réalité et l'espoir d'affermir celle-ci, étroitement mêlés, commandent la forme ambiguë, parfois même évasive ou contradictoire, d'une œuvre qui, plus nette, serait moins véridique. Il ne faut donc pas y chercher le discours soutenu, centré sur un sentiment, une scène, une histoire, qui caractérise l'ancienne élégie, et même des œuvres comme *le Retour* ou *Stutgardt* chez Hölderlin. Envisagées comme des peintures, les *Élégies de Duino* offrent des perspectives libres, changeantes, souvent rompues ; mais on les trahira un peu moins en les comparant à des « fantaisies », au sens musical du mot (et toute frivolité exclue de son sens), chacune ayant sa tonalité, son rythme, son mode, les unes exposant presque tous les thèmes qu'entraîne le mouvement de l'ensemble, d'autres se concentrant sur un seul ; les unes, comme la *Huitième*, jouant sur un registre unique, d'autres, la *Neuvième* surtout, embrassant de grands intervalles.

Dans ce mouvement né de la distance entre l'homme et l'ange, de la tension entre espoir et doute, reviennent, elles aussi soumises à l'ambiguïté initiale, les grandes images de la vraie et de la fausse vie qui hantaient Rilke depuis le *Livre d'heures*. Les images du vide dominent dans la *Quatrième*, la *Cinquième* et le début de la *Dixième Élégie*. Leur accomplissement dans ces poèmes justifie l'affirmation de Rilke selon laquelle chaque vers ne peut être que le produit d'une somme d'expériences vécues. Ainsi le souvenir de la célèbre « Fête d'octobre » munichoise, qui avait déjà nourri en 1899 l'une des *Visions du Christ (Comme je me glissais à travers la cohue / je me trouvai soudain au bord de la prairie / devant une baraque. Au-dessus de l'entrée / on pouvait lire en lettres pauvres et timides : / La Vie et la Passion de Jésus-Christ*[173]*...*), combiné peut-être avec des impressions de banlieue à Paris, approfondi par la méditation, déformé et grandi par le rêve, resurgit dans le paysage de la *Ville de Douleur* de la *Dixième Élégie,* avec ses *baraques pour toute curiosité*, celle où l'on voit *comment l'argent se multiplie, anatomiquement,* et, *derrière la dernière planche,* commencer *l'herbe pauvre* où rôdent les chiens, les enfants et les amants.

De même, une scène de rue notée par Rilke dans son carnet de poche le 14 juillet 1907[174], le spectacle de saltimbanques donné par la famille Rollin devant les grilles du Luxembourg, ravivé en 1915 par la longue contemplation d'un tableau de Picasso sur le même thème, devient, en 1922, la très singulière image – aux confins du réel et de l'imaginaire – du sévère destin de l'homme dont tout l'ouvrage est pareil à ces pyramides d'acrobates à peine édifiées à grand risque que détruites, arbre dont ne tombent que des fruits mal mûrs.

À ces images amères, quelquefois grinçantes, à ces

plaintes, à ces sentences sur la fragilité, la fugacité de l'homme, et son heurt avec le monde – lointain écho de la plainte de Job – s'entrelacent plus qu'elles ne s'opposent vraiment les images, anciennes ou nouvelles, dont émane une leçon de plénitude : comme le figuier qui dédaigne de fleurir pour secrètement fructifier (et quelle volupté s'avoue dans ce rêve) :

*... et du sommeil il plonge*
*sans presque s'éveiller, dans son plus doux*
*[ouvrage,*
*tel le dieu dans le cygne*[175]*... ;*

ou comme ces figures humaines auxquelles Malte se raccrochait déjà dans sa lente dérive : les amantes, les saints, les héros, les jeunes morts, ou un simple artisan, cordier ou potier.

Mais ce ne sont plus ici les choses ni les êtres fortement particularisés des *Nouveaux poèmes*. Le mouvement initial qui emporte, avec violence ou suavité, le poète de l'abîme vers l'ange (dont un poème tardif dit que l'abîme n'est pas autre chose que le *moule*[176]), entraîne sa vision de plus en plus avant dans l'*espace intérieur au monde* (espace imaginaire ou ultime degré du réel). Dans ce flux, les choses ne sont plus que des signes à peine surgis qu'effacés, désignant moins des substances que des directions. Et quant aux êtres... S'ils sont nés de rencontres réelles, comme les saltimbanques, le chant les emporte eux aussi dans cette autre dimension où souvenir et désir tendent à se fondre en *échappées* sur un paysage inconnu ; mais quelquefois, la part de l'imaginaire grandit encore, et l'intériorisation s'accentue : des figures féminines, encore intensément féminines par leur pose, leur voix, leur attrait (*... Elle dit : / – Loin. Nous habitons là-bas... Où ? Le garçon / suit. L'attitude le touche. Le cou, l'épaule... elle est / peut-être de noble ascendance*[177]...) ne sont presque plus que des émotions, des habitantes du cœur : femmes, ombres ou plaintes ; toutes choses, tous êtres ont passé à l'intérieur, le monde est devenu le cœur, là où les anges ne peuvent plus être dits ni réels, ni imaginaires, mais l'un et l'autre à la fois, par magie (et c'est ici le lieu de rappeler que nul, mieux que Kassner, n'a vu que cet espace rêvé par Rilke était en effet un espace *magique*, un espace de *métamorphoses*, chronologiquement antérieur au monde du Christ, du Logos, et donc foncièrement hostile à celui-ci ; et Rilke ne pouvait avoir lu sans en être pénétré, dans *Zahl und Gesicht*[178], des passages comme ceux-ci : « Si la mort n'était pas, les traits et les linéaments de notre visage, de notre main, de notre corps se retrouveraient très certainement dans les orbites des planètes et des étoiles.

Dans le visage des anges et des esprits bienheureux, en eux-mêmes, le nombre est devenu visage et le visage nombre... », ou : « Les anges sont de pareils types existants ou cercles essentiels, miracles de visage et de nombre, enfants des noces de l'espace absolu avec le temps absolu... »).

Dans la lettre du 13 novembre 1925 où Rilke commente les *Élégies* à l'intention de son traducteur polonais Witold Hulewicz, il écrit notamment : *L'affirmation de la vie et celle de la mort se révèlent ne faire qu'un. Reconnaître l'une sans l'autre serait, telle est l'expérience ici fêtée, une limitation qui exclurait finalement tout infini. La mort est* la face de la vie *détournée de nous, non éclairée par nous : nous devons essayer de réaliser la plus grande conscience de notre existence, qui est chez elle* dans les deux domaines illimités, par l'un et l'autre inépuisablement nourrie... *La vraie figure de la vie s'étend sur les* deux *domaines, le sang de la circulation suprême passe dans les* deux : il n'y a ni En deçà, ni Au-delà, rien que la grande Unité *où ces êtres qui nous surpassent, les « anges », sont chez eux*[179]...

Tel est l'un des énoncés, d'un accent solennel et presque triomphant, par lesquels Rilke a cherché à cerner après coup le sens suprême de son œuvre. Mais comment la distance entre l'homme et l'ange avait-elle pu être réduite au point que le poète depuis toujours hanté par l'angoisse de la mort et les défaillances de l'amour parvînt à cette affirmation positive ? Quelle voie l'y avait-elle conduit ? Il y avait bien celle de l'amour pur, de la sainteté et de l'héroïsme, dont lui-même se savait incapable de la suivre jusqu'au bout. Mais il y avait surtout, que célèbrent avec passion la *Septième* et la *Neuvième Élégie*, la voie où lui-même s'était un jour engagé et dont il n'avait jamais dévié, celle de la transfiguration du monde, de l'intériorisation progressive des choses périssables dans la parole :

*Terre, n'est-ce pas là ce que tu veux : ressusciter*
*en nous invisible ? N'est-ce pas là ton rêve,*
*être un jour invisible ? Terre, invisible*[180]...

(l'accolement des deux termes résume ici la visée poétique).

Il faut comprendre ce que cela signifiait ; et on le

comprendra mieux là où la tâche de la poésie n'est pas seulement énoncée, mais réalisée. Ainsi aux derniers vers de la *Huitième Élégie*, la plus belle peut-être, toute consacrée à dénoncer la difficile condition humaine :

*Qui nous a retournés de la sorte, que nous*
*ayons dans tous nos actes, l'attitude*
*de quelqu'un qui s'en va ? Et comme sur*
*la dernière colline qui lui montre encore une fois*
*sa vallée tout entière, il se retourne et tarde –,*
*tels nous vivons, à chaque pas prenant congé*[181].

Si Rilke ne s'est pas effondré, alors qu'il l'aurait pu si souvent, s'il n'avait pas à chercher remède hors de lui, dans la psychanalyse, la morale, la politique ou la religion, c'est qu'il pouvait écrire de telles lignes ; c'est-à-dire constater une évidence qui semble suffire à rendre la vie impossible ou vaine, et *en même temps*, par l'*image* qui la saisit, l'inscrire – sans l'effacer ni la tourner – dans une immensité qui la change, dans une figure qui l'apaise ; c'est-à-dire maintenir l'homme et le monde *saufs*. Cette expérience ne peut être prouvée, ni formulée ; elle ne peut qu'être intimement revécue (par le lecteur). La poésie finalement est cette possibilité d'insérer la plainte dans une totalité qui la résorbe.

Ce qui est *victoire* dans les *Élégies*, ce qui répond à l'angoisse, ce qui permet de dire (au moins un instant, au sein d'un mouvement plus incertain) : *Être ici est splendeur,* c'est que la parole poétique soit demeurée ou redevenue possible à travers les épreuves, ce chant qui est par essence l'inscription du vécu dans la totalité augurée.

Le poète serait-il donc seul sauvé ? La voie de Rilke

serait-elle donc en effet pur esthétisme ? Nullement. Mais, à travers tous les doutes, le rôle du poète (admirablement défini dans la parabole « égyptienne » de 1912 où le poète est assimilé au chanteur qui rythme le mouvement des rameurs sur le Nil : *En lui l'élan de notre embarcation et la force de qui venait à notre rencontre s'équilibraient sans cesse – parfois il y avait un excédent : alors il chantait. La barque surmontait la résistance ; mais lui, le magicien, il transformait l'insurmontable en une suite de longues notes flottantes, qui n'étaient ni d'ici ni d'ailleurs, et que chacun accueillait. Tandis que son entourage ne cessait de s'en prendre à l'immédiat et au palpable, et de le surmonter, sa voix entretenait le rapport avec ce qu'il y avait de plus lointain et nous y accrochait jusqu'à ce que nous fussions entraînés*[182],) se trouve justifié comme le rôle de celui qui rappelle et maintient – en restant lui-même dans une mesure variable hors de la vie ou de l'action – en ne vivant pas (ou *vivant à demi*), chaque fois qu'il écrit, cette possibilité, cette appréhension, cette chance d'équilibre et de complétude qu'il oppose aux puissances du vide.

*Entre les marteaux persiste*
*notre cœur, comme la langue*
*entre les dents, qui néanmoins*
*n'en reste pas moins l'élogieuse*[183].

C'est peu, et c'est inappréciable.

Dans cette suite variée dont le registre s'étend des soupirs ténus aux plus âpres dissonances comme aux éclats de la jubilation, dans cette méditation sensible riche de vues profondes sur les risques et les chances de l'homme (de tout homme, non du seul poète), le regard ne va jamais plus loin que lorsqu'il s'attache à l'ombre des jeunes morts. On dirait que la voix de Rilke s'accorde alors sur une note extrême, que nul n'avait entendue avant lui, et que c'est à ce diapason qu'elle sonne le plus juste.

Les vers d'une tranquillité ineffable qui terminent la *Première Élégie* en évoquant les jeunes morts :

*Sans doute est-il étrange de n'habiter plus la terre,*
*de ne pratiquer plus des usages à peine appris,*
*aux roses, et à tant d'autres choses prometteuses,*
*de ne plus faire signifier un avenir humain...*
...
*Du Terrestre on se sèvre doucement, comme des seins*
*peu à peu de la mère*[184],

s'élargissent, à la fin du cycle, en ce paysage illimité que surmontent des constellations inconnues : le Berceau, le Chemin, le Livre ardent, la Poupée, la Fenêtre, le *M* qui signifie les Mères (celles que l'on a toujours désirées) ; jusqu'à cette source qui miroite sous la lune, la *source de la joie*, dont il est dit qu'elle est chez les hommes *un fleuve qui porte* ; et jusqu'à ce que s'enfonçant seul *dans les montagnes de la Douleur première*, le jeune mort sente le silence grandir encore, avec l'espace, autour de lui – que nul ne peut plus suivre :

*Et son pas même dans le monotone sort ne s'entend*
*[plus*[185].

S'il est possible de reconnaître dans la douleur, comme dans le plaisir, notre sol, au lieu de s'en détourner, peut-être alors s'avérera-t-il que même ce qui *tombe* est un bien, ainsi que la pluie de printemps.

C'est de ce même sentiment à d'*apaisement* infini rendu possible par l'acceptation de la mort que sont nés les *Sonnets à Orphée* ; et parce qu'ils ont été écrits tous au même moment, dans le même bonheur de la proximité mystérieuse qu'avait connu plus de vingt ans auparavant le « moine » du *Livre d'heures*, quand la tension d'une longue attente se dénouait enfin, ils ont une sérénité, une tranquille fermeté (parfois même une sorte d'enfantine gaieté) qu'ignorent les *Élégies*. Mais ce qui avait rendu possible cet apaisement, ce dénouement, peut-être était-ce l'apparent hasard de la lecture, le mois précédent, des *Cahiers* de Gertrude Ouckama-Knoop : un point tout à fait sensible, sinon le plus sensible, du poète avait été atteint une fois de plus ; celui où se rencontraient depuis si longtemps (comme en témoigne en particulier un bref drame lyrique commencé en 1898 à Viareggio, *la Princesse blanche*) la *jeune fille* et la *mort*. Malgré son rêve de voir revenir quelque dieu phallique qui eût triomphé de la mort à la manière étrusque, la rencontre de la mort et de la vierge (objet d'horreur qui hanta l'art germanique et que l'acceptation de Véra métamorphosait en source de lumière) le fascinait de façon bien plus profonde.

Sous le signe du dieu qui, comme l'ange, mais en sa qualité de chanteur, habite les deux royaumes sans *distinguer trop* entre vivants et morts, et qui ordonne le hasard, les sonnets sont un tombeau pour une jeune morte, une Eurydice qui avait changé l'adieu en danse, c'est-à-dire accompli la transfiguration toujours et partout poursuivie :

*Danseuse : ô transposition*
*de tout ce qui passe en pas*[186]*...*

Dans une lettre précédemment citée, Rilke avait saisi mystérieusement un rapport entre l'image de la balance et l'idée d'épitaphe. Alors que les *Élégies* sont dominées par le mouvement et traversent, portées par lui, toutes sortes de variations et de ruptures, la plupart des *Sonnets* réalisent, dans les thèmes, les images, la forme, ce magique équilibre. Ils sont eux-mêmes ces très subtiles balances où le poids de la plainte et celui de la louange, peu à peu, miraculeusement, s'entre-apaisent :

*Au sein de la louange seule est dans son droit*
*la plainte, nymphe de la source en pleurs*
*qui veille sur le sédiment de notre cœur*
*afin qu'il soit clair au même rocher*

*qui porte les portails et les autels.*
*Vois poindre autour de ses épaules calmes*
*le sentiment qu'entre ses sœurs dans l'âme*
*il se pourrait qu'elle fût la cadette.*

*La nostalgie avoue et la joie sait.*
*La plainte apprend encore ; sur ses doigts d'enfant,*
*elle compte à longueur de nuits l'ancienne peine.*

*Mais soudain, de travers et gauchement,*

*elle offre une constellation de notre voix*
*au ciel que ne trouble pas son haleine*[187].

Ainsi portés par une sérénité peut-être éphémère, les *Sonnets* peuvent commencer d'accomplir ce que les *Élégies* avaient souhaité, énoncé comme une tâche. Avec un bonheur inégal, ils essaient d'intégrer dans la totalité désirée non seulement ce qui s'y inscrit volontiers : la pomme, l'orange, les fleurs, les jeunes filles, tel souvenir d'Espagne ou de Russie, mais encore ce qui semblait s'y refuser : la machine (qui devrait se limiter à servir), l'avion même (*Celui qui s'est approché des lointains / ne* sera *ce qu'il survole solitaire... / qu'à partir du moment où une pure direction / l'emportera sur la puérile fierté / d'appareils de plus en plus grands*[188]), la cruauté du chasseur ou du bourreau ; ils multiplient les correspondances, ils en élargissent ou resserrent le réseau, ajoutant au *butin* déjà nombreux puisé dans le visible et transféré dans l'invisible des images parfois prodigieuses, comme celle-ci, dans le sonnet consacré au miroir :

*Vous qui gaspillez même la salle vide –*
*quand la lumière baisse, comme bois au loin...*
*Et le lustre s'avance tel un seize-cors*
*à travers votre infranchissable espace*[189].

Enfin, ils approchent au plus près du secret même du chant. *Chanter, c'est être*, comme le dit le troisième sonnet de la première partie, signifie non pas qu'il n'y a de vraie vie que celle du poète, mais qu'il ne peut y avoir de chant hors de l'être vrai, et surtout, comme le précisent les vers précédents, que le chant ne saurait être convoitise, avidité, appel. Qui chante, respire (respirer est la forme première de l'échange entre le dedans et le dehors) ; mais il respire *en Dieu*, haleine *pour rien*, comme le vent, hors de toute intention, dans l'oubli même du chant :

*Chanter en vérité est encore une autre haleine,*
*Une haleine pour rien. Un souffle en Dieu. Le vent*[190].

Inversement, respirer est un *invisible poème* :

*Me reconnais-tu, air où sont tant de lieux jadis miens ?*
*Toi qui fus un jour lisse écorce,*
*galbe et feuillage de mes mots*[191].

Chanter en oubliant que l'on chante comme le demande ce sonnet, le premier poème écrit à la veille de la *tempête* de février 1922 l'avait déjà posé comme condition de l'œuvre authentique, comparée là à la balle que l'on jette vers l'espace, vers une *partenaire éternelle* qui est le monde (féminin en allemand) :

*... C'est*
*dans ce risque seul que tu prends vraiment part au jeu...*
[...]
*... hors de tes mains*
*le météore fuit vers ses espaces*[192]...

Et ce risque, pris en se jetant au-dehors, vers le monde, dans une dédicace de 1924 à Helmuth Lucius von Stödten, Rilke en fera à la fois le caractère spécifique de l'être humain, et sa chance, paradoxale, de trouver abri dans le Tout.

## Les dernières années

*Voici le temps du Dicible*[193]*...*

Le 9 août 1924, à la comtesse M. qui lui parlait des *Élégies* et des *Sonnets,* Rilke écrit : ... *il est à peine possible de dire jusqu'à quel point un lecteur peut se transférer dans une œuvre d'art aussi concentrée que ces* Élégies *et certains sonnets ; et c'est souvent une situation étrange pour leur auteur de sentir à côté de soi, dans les jours moins denses de la vie (si nombreux !),* pareille *essence de sa propre existence, dans sa prépondérance ineffable ! La présence d'un tel poème dépasse singulièrement la platitude et l'accessoire de la vie quotidienne ; et pourtant, c'est sur cette vie qu'a été conquise, c'est d'elle qu'a été tirée cette réalité plus grande, plus valable (et l'on se demande soi-même comment) ; car, à peine celle-ci obtenue, on se retrouve dans le destin commun, aveugle, parmi ceux qui oublient, ou qui font comme s'ils ne savaient pas, et qui contribuent par leur vague, leur imprécision provisoire, à augmenter la somme d'erreurs de l'existence. Ainsi, toute grande réalisation de l'art, jusque dans sa plus grande réussite possible, est à la fois distinction et humiliation pour celui qui en a été capable*[194].

Rilke savait mieux que personne qu'avoir écrit les *Élégies* et les *Sonnets*, avoir réussi à célébrer l'espace angélique tel qu'il l'avait pressenti très jeune et entrevu en certains moments décisifs de sa vie, ce n'était pas être devenu soi-même l'ange ou Orphée. L'homme ne peut demeurer nulle part, et pas non plus dans la louange (*Car la splendeur ne dure qu'un instant, et nous n'avons rien vu de plus long que la misère*[195]). Ce qui suivrait ne pouvait être pure et constante jubilation.

Ce qui a suivi n'en étonne pas moins. Pour la première fois de sa vie, Rilke disposait d'une maison qu'il pouvait considérer comme sienne, dans un lieu qu'il avait choisi et qui lui avait fait don des *Élégies* ; et, durant les cinq années qui ont précédé sa mort, il s'en est peu éloigné – sinon pour un long séjour à Paris, en 1925, quelques randonnées en Suisse et ses séjours de malade à Val-Mont, sur le Léman. Or, en cette dernière phase de sa vie, il nous apparaît moins concentré que dans cette période de 1910-1914 où il n'avait pas cessé d'errer, véritable âme en peine, de lieu en lieu. Non qu'il ait jamais cessé d'être lui-même ; non qu'il ait commencé alors à se répéter – comme il arrive même à de grands écrivains ; non que sa maîtrise verbale ait décru, ou faibli sa rigueur morale. Mais sans doute avait-il désiré le grand poème comme Colomb l'Amérique, comme l'amant l'aimée. L'Amérique découverte, l'aimée conquise, le grand poème écrit, pourquoi survivre ? La tension à laquelle Rilke s'était soumis dans *Malte* pour affronter l'angoisse, dans les *Nouveaux poèmes* pour la transformer en *choses* ; et les dix années d'attente qui avaient suivi l'accès au monde des anges en 1912 : c'est comme si toute la vie du poète avait été ordonnée par une nécessité intérieure vers un pôle. Les *Élégies* achevées, et enrichies de la surprise des *Sonnets*, la tension cesse, et cet homme qui avait si bien répondu à la définition qu'Emerson donne du héros : *l'être immuablement centré*, semble maintenant plus aisément distrait de l'essentiel. Il n'a pourtant pas cessé d'écrire ; l'ensemble des poèmes, achevés ou ébauchés après février 1922 représente environ cent cinquante pages. Mais il n'en a presque jamais parlé, ou avec réticence. Au point qu'avant leur parution posthume, et à plus forte raison au cours même de ces années, l'essentiel de son activité parut être partagé entre ses poèmes français et ses traductions de Valéry.

Il est vrai que Rilke, alors, s'est senti plus que jamais proche de la France (et de la Suisse française). Il ne s'est jamais lassé de dire le prix qu'avait eu pour lui la découverte de Valéry. Tout naturellement, il avait été frappé, chez ce poète, par la rigueur d'une conception poétique qui préférait un long silence à une production de hasard, par un métier très sûr et par une sensualité raffinée. Mais cette admiration sans réserves, qui témoigne de son ouverture d'esprit et de sa réelle modestie, n'était pas absolument lucide, et lui faisait oublier l'abîme qui le séparait, sur l'essentiel, du poète français. Quant aux autres écrivains français qu'il découvrait alors avec émotion, hors Proust qu'il avait été l'un des premiers à admirer dès 1914, et Supervielle (dont il jugea si finement *Gravitations*[196]), on peut douter qu'ils fussent vraiment proches de lui. Et n'était-ce pas justement parce que sa tension intérieure s'était relâchée qu'il pouvait attacher tant de prix à ses traductions de Valéry, si longuement se plaire à composer des vers français, lui qui avait poussé si loin l'élaboration de sa langue natale ? (Et qui sait si la maladie même n'avait pas attendu cet affaiblissement de la cohésion interne pour porter ses premiers assauts ?)

Si l'on admet que les poèmes français de Rilke (*Vergers, les Quatrains valaisans, les Roses, les Fenêtres*) doivent être considérés en marge de son œuvre, il ne faut pas les négliger pour autant. D'abord parce qu'ils apportent de nouvelles variations sur les thèmes centraux du poète et même quelques nouveaux motifs dont le déchiffrement peut aider à le mieux comprendre. Il est vrai que l'usage de la langue étrangère accentue la délicatesse, la préciosité parfois jusqu'à la mièvrerie. Mais la légèreté et le goût du jeu, s'ils touchent d'un côté à la frivolité, de l'autre peuvent atteindre la grâce, une transparence qu'ignore la poésie plus tendue. Sur son plus beau versant, la poésie française de Rilke a une grâce simple qui rejoint presque, imprévisiblement, la chanson, la « bonne chanson » verlainienne :

*N'était-il pas, ce verger, tout entier,*
*ta robe claire, autour de tes épaules ?*
*Et n'as-tu pas senti combien console*
*son doux gazon qui pliait sous ton pied*[197] *?*

Et aucun poète n'aura sans doute rendu plus délicat hommage à un pays, à deux pays (la France, le Valais) d'adoption. Mais ce n'est pas ce poète-là qui compte ; ni celui qui s'engoue de Valéry ; ni l'homme déjà gravement malade – et le sachant – qui soudain, excédé de solitude, fuit la clinique pour Paris où il passe plusieurs mois dans un tourbillon épuisant de visites, de rencontres (où les meilleurs, et justement Valéry, se dérobent). *Là où je crée, je suis vrai.* Le vrai Rilke de ces dernières années se cache dans les cent cinquante pages de ses poèmes allemands.

En mai 1926, prié par Katharina Kippenberg d'envoyer sa contribution traditionnelle à l'*Insel-Almanach*, Rilke, qui rentrait de clinique, avait trouvé *l'échappatoire* de lui adresser un cahier[198] où il avait rassemblé des poèmes écrits entre 1906 et 1926, la plupart postérieurs aux *Élégies*. À lire ce qu'il écrivit alors de ce choix, on peut supposer qu'il considérait ces œuvres tardives comme en recul sur les *Élégies* du seul fait qu'elles ne composaient pas un ensemble cohérent, et qu'il n'ait pas su les apprécier tout à fait justement. Sans vouloir leur donner à tout prix une unité qu'elles n'ont pas, il est nécessaire de reconnaître en certaines d'entre elles – sur des voies différentes – de nouveaux pas en avant.

On lit dans la *Neuvième Élégie :*
*Voici le temps du Dicible, et sa patrie, ici.*
*Parle et confesse*[199]...

Une ébauche d'août 1924 précise :

*Qu'après si longue expérience soit « maison »,*
*« arbre » ou « pont » autrement risqué.*
*Toujours au Destin annoncé,*
*que cela, enfin, s'énonce*[200].

Déjà les références aux livres, aux peintures, à l'histoire, si nombreuses dans les *Nouveaux poèmes*, avaient presque toutes disparu des *Élégies* et des *Sonnets* ; mais à présent, les dernières figures empruntées au mythe, comme Orphée, s'effacent ; et même les figures du mythe personnel : amantes, héros, anges et jeunes morts. Il n'y a plus que les éléments, les signes du sensible, le réseau léger de leurs rapports. Le poète s'absente du poème, devenu presque transparent, pareil aux fines ramures de ce printemps qu'il ne se lasse plus de louer. Alors, on repense un instant au jeune René Rilke marchant, un iris à la main, dans les rues de Prague, et gémissant avec l'automne *(On a vu que venait l'automne. Le jour bientôt était mort dans son propre sang)* ; et l'on mesure que toute une vie n'a pas été trop longue pour passer de ces mots opaques à des mots si transparents qu'ils semblent se dissiper comme une buée devant le premier jour du monde :

*Des plus froides hauteurs le gai cadeau*
*tente de sauter dans juin :*
*dans les torrents, les bassins,*
*scintille un dru renouveau.*

*Sous les buissons partout empoussiérés,*
*c'est un passage d'eaux vivantes*
*radieuses de répéter*
*que ce qui passe chante*[201].

Ces signes, ainsi accueillis enfin innocemment, Rilke ne pouvait pas ne pas continuer d'autres fois à en scruter le sens comme il l'avait toujours fait, tirant des choses leur leçon. L'eau, une étoile filante, les miroirs, la balle, la rose n'ont pas cessé de lui parler.

*À une certaine époque où je commençais à m'occuper de poésies arabes, à la production desquelles tous les cinq sens me paraissaient prendre une part plus simultanée et plus régulière, je fus pour la première fois frappé de l'inconstance avec laquelle le poète européen se sert de ces rapporteurs, dont un seul, la vue, surchargé d'univers, le subjugue sans cesse. Combien faible est par contre la contribution que lui apporte l'ouïe à peine attentive, et est-il besoin même de parler de l'indifférence des autres sens qui ne se manifestent qu'à de longs intervalles, à l'écart et cantonnés dans leurs domaines utiles. Et pourtant, le poème achevé ne peut exister qu'à la condition que le monde, soulevé simultanément par cinq leviers, apparaisse sous un aspect défini sur ce plan surnaturel qui est justement le plan du poème*[202]. Voilà ce que Rilke avait noté à Soglio en août 1919, dans *Rumeur des âges*. Et si sa poésie n'avait guère cessé de se nourrir de sensations, jusqu'aux plus subtiles, dans sa période la plus tardive elle devait avancer plus hardiment que jamais dans le champ des correspondances entre les sens, modifiant ainsi plus profondément les perspectives de l'*Ouvert*. Des poèmes comme *Paume*, *Mausolée*, *Gong* :

*Son excédant les mesures*
*de l'ouïe, comme s'il était,*
*ce cercle qui nous surpasse,*
*l'espace mûr*[203],

sont le résultat de cette exploration, aux limites du saisissable, d'un espace où d'ailleurs il n'est jamais aisé de se maintenir :

*Ah, ne pas être séparés*
*ni par si mince cloison*

*exclus du mètre des astres.*
*Qu'est-ce que le dedans ?*
*Sinon un ciel plus intense*
*traversé d'oiseaux et profond*
*de tous les vents du retour*[204].

Le vrai Rilke des dernières années n'est pas celui que le monde parisien accueille alors ; plutôt celui dont Carl Burckhardt esquisse la silhouette dans sa *Matinée chez le libraire* : il avait rencontré Rilke, par hasard, chez un coiffeur, en janvier 1925, après quoi ils s'étaient rendus chez un libraire où ils avaient parlé de Ronsard, de La Fontaine, de Racine.

« ... Quand nous reprîmes notre chemin le long de la Seine, il faisait plus froid. Rilke s'arrêta, regarda les eaux dont les vagues, dans la lumière du soir précoce, reflétaient le jaune clair d'une bande de ciel à l'ouest. Il sourit : « Comme cette journée était belle, comme une telle rencontre est rare. J'aurais dû faire encore une visite sur la rive droite. » De nouveau il s'arrêta un instant, jeta un rapide regard sur la fuite du fleuve, sourit brièvement, comme en dedans, et murmura à part soi : « Ondoyante-blondoyante. » Là-dessus, il se détourna et s'éloigna, déjà tout occupé d'un rythme qui montait en lui. Il disparut dans la première traverse, dans la direction de l'hôtel Foyot qu'il habitait alors[205]. » Oui, plutôt cet homme qui s'éloigne en murmurant deux rimes ronsardiennes ; et plutôt encore celui qui a laissé échapper cette plainte d'être séparé du monde, celui qui, au cours du même mois, regardant une colombe se poser sur la margelle d'une fontaine, lit dans son mouvement un accord des contraires obstinément poursuivi. Ou encore l'homme qui, à Berne, entre deux visites courtoises, entre au Musée d'Histoire et s'arrête, saisi : *Cette fois-ci j'y ai fait une découverte : des châles, des châles de cachemire de la Perse et du Turkestan, tels qu'on en voyait prendre une valeur touchante sur les épaules doucement tombantes de nos arrière-grand-mères ; des châles au centre rond, ou carré, ou étoilé, sur un fond noir, vert ou ivoire, chacun d'eux un monde en soi, vraiment, oui, chacun un bonheur complet, une félicité totale et peut-être un total renoncement – chacun tout cela, tout tissé d'humain, chacun un jardin dans lequel tout le ciel de ce jardin était dit, était contenu aussi, comme dans le parfum du citron l'espace tout entier, le monde tout entier probablement, que l'heureux fruit a intégré jour et nuit dans sa croissance, se communique. Comme il y a des années, à Paris, les dentelles, j'ai compris soudain, devant ces étoffes déployées, l'essence du châle ! Mais la dire ? Autre fiasco... C'est peut-être seulement ainsi, seulement dans les transmutations que permet un lent et tangible travail manuel, que réussissent des équivalents complets, silencieux, de la vie, ce à quoi le langage n'aboutit jamais qu'au moyen de périphrases, hors les rares cas où il parvient à obtenir, dans un appel magique, que telle ou telle face plus cachée de l'existence demeure, l'espace d'un poème, tournée vers nous*[206].

Ce poème du châle, Rilke ne l'en a pas moins tenté, à trois reprises (en octobre 1923 et juillet 1924). Dans la deuxième ébauche, il s'avoue pareil à l'amant qui se rend compte qu'aucun nom ne dira jamais l'aimée, et précise qu'en voyant ce centre noir *qui crée un pur espace pour l'espace :*

*tu comprends que les noms sur lui sans fin*
*seront gaspillés : car il est le milieu.*
*Quel que puisse être le dessin de nos pas,*
*c'est autour d'un tel vide que nous marchons*[207].

Ainsi, une chose vue, et qu'eussent négligée tant d'autres regards, une fois de plus relance et nourrit la méditation ; le centre obscur autour duquel tournait le poète du *Livre d'heures* reparaît dans de nouvelles figures ; il s'appelait Dieu alors, un peu trop vite peut-être. C'est ici le lieu de citer la lettre du 22 février 1923 à Ilse Jahr : *Mais ensuite, la Russie s'est ouverte à moi, me donnant la fraternité, et l'obscurité de Dieu, en qui seul il y a communauté. C'est ainsi que j'ai pu le nommer alors, ce Dieu qui avait fondu sur moi, et longtemps j'ai vécu à genoux dans l'antichambre de son nom... Maintenant, c'est à peine si tu me l'entendrais nommer, il règne entre nous une extraordinaire discrétion, et là où il y eut naguère proximité, compénétration, de nouvelles distances se creusent, comme dans l'atome, que la science nouvelle comprend aussi comme un univers en réduction. Le tangible se dérobe, se transforme, au lieu de la possession on apprend la relation, et il naît un anonymat qui, pour être total et sans échappatoire, doit commencer, de nouveau, à Dieu. L'expérience du sentiment cède le pas au plaisir infini tiré de tout le sensible..., ses attributs sont retirés à Dieu, qui n'est plus dicible, et rendus à la création, à l'amour et à la mort.* [...] *Seul celui pour qui l'abîme même aura été une demeure voit les cieux dépêchés en avant revenir vers lui, avec tout ce qui est profondé-*

*ment, intimement d'Ici – que l'Église a détourné au profit de l'Au-delà ; tous les anges se décident en chantant gloire pour la terre*[208] *!...*

Cette sorte de répartition de Dieu dans les choses de la terre, cette distribution égale de sa lumière sur les éléments, c'est bien ce qui se produit par moments dans cette période. Mais la nostalgie subsiste, comme en témoigne ce poème d'octobre 1925 où les hardiesses et la transparence de cette dernière phase s'équilibrent merveilleusement :

*Il serait temps maintenant que les dieux*
*sortent des choses habitées...*
*Et qu'ils renversent chaque mur*
*dans ma maison. Nouvelle face. Le vent seul*
*que ferait cette page en tournant, suffirait*
*à retourner comme une motte l'air :*
*champ nouveau pour le souffle. Vous, dieux !*
*souvent-venus, qui dormez dans les choses,*
*qui vous levez gaiement, qui vous lavez le cou*
*et le visage aux sources que nous devinons,*
*qui ajoutez légèrement votre fraîcheur*
*à ce qui semble plein, au plein de notre vie ;*
*que ce soit encore une fois votre matin.*
*Nous répétons. Vous seuls êtes premiers.*
*Le monde en même temps que vous se lève ; aux*
*[cassures*
*de nos échecs brille un commencement*[209]*...*

Depuis vingt-cinq ans, Rilke ne faisait pas autre chose que corriger, modifier la mesure de la vie ordinaire pour lui garder sa plus grande dimension ; la faire passer de l'équilibre purement numéral (où l'homme dépérit) à l'équilibre suprême. Ce que Rilke a fait, un fragment tardif, noté à la clinique de Val-Mont en octobre 1924, le dit de manière définitive :

*Quand des mains de l'homme de négoce*
*la balance passe*
*à cet ange dans le ciel qui*
*la tranquillise avec le poids de l'espace*[210]*...*

## L'innommable

*... toute l'amertume de la mort non diluée*[211]...

Le 17 novembre 1925 Rilke écrit à Clara: *Je ne puis absolument pas m'exprimer sur ces difficultés insurmontables, cela tient à la santé, qui semble atteinte plus centralement que les médecins n'ont voulu le reconnaître jusqu'ici*[212]. Ce sentiment, Rilke l'avait depuis plus d'un an; ce qui l'effrayait le plus dans son état, c'était la menace d'une rupture entre son corps et son esprit: *Ce serait pour moi une chose nouvelle et d'une certaine manière douloureuse, de me voir obligé de sauter en quelque sorte par-dessus un corps défaillant avec un esprit encore intact. Jamais je n'avais envisagé là d'antagonisme, au contraire, j'étais convaincu que tous les éléments de ma nature collaboraient à une pure entente aux points culminants de laquelle se produisait la création, produit de ce surcroît de joie commune (corporelle et spirituelle). Mon corps, en tant qu'initié à tout, a toujours eu procuration pour signer, comme ses coresponsables, au nom de toute la «firme». Un bouleversement de cette organisation serait un* désastre *pour moi*[213]... Ce qu'il sentait ainsi commencer à s'enfoncer en lui pour détruire l'accord de son corps et de son esprit – hors duquel il ne pouvait concevoir pour lui aucun chemin – n'allait-il pas en effet s'enfoncer de la même façon entre la terre et le ciel ?

Toute sa vie, malgré sa chétivité, malgré sa dépendance d'autrui, *gardé par le sourire et par la courtoisie* comme le poète de Perse, il avait maintenu avec une ténacité implacable le noyau très dur de son être : l'expérience de l'échange avec le dehors dans la poésie, de la poésie comme respiration et preuve de l'*Ouvert*, preuve contre toute rupture et contre la mort. Il avait agrandi son cœur aux dimensions du monde, exploré cette étendue magique où *partout, la temporalité s'abîme dans la profondeur de l'Être*[214], jusqu'aux limites du dicible. L'indicible à présent entrait en lui ; le vrai indicible, celui qui arrache à la fois la parole et la vie ; l'indicible, ou mieux l'innommable : *la très amère mort non diluée* dont il disait en 1915 qu'elle avait rendu Tolstoï lui-même hagard.

Cet homme, qui nous paraît s'être beaucoup apitoyé sur lui-même, soutint avec une fermeté sans défaillance, dans ses derniers jours, des souffrances qui auraient abattu des êtres moins frêles et moins sensibles. Le 15 décembre 1926, de la clinique de Val-Mont, il écrivit à Kassner : *Mon cher Kassner, voilà donc ce dont ma nature m'avertissait avec insistance depuis trois ans : je suis tombé misérablement et très douloureusement malade, une altération mal connue des cellules sanguines devient le point de départ des processus les plus cruels, dispersés dans tout le corps. Et moi qui n'ai jamais pu la regarder en face, j'apprends à composer avec l'incommensurable souffrance anonyme. Je l'apprends difficilement, avec mille révoltes, et une trouble stupeur. Je tenais à ce que vous fussiez informé de mon état, qui ne sera pas des plus passagers*[215]*...*

Rilke mourut le 29 décembre, des suites d'une leucémie. Le dernier poème qu'il a inscrit dans son carnet sans pouvoir l'achever, vers la mi-décembre, est comme envahi par l'obscurité de ce qui reste irrémédiablement hors du langage :

*Approche, dernière chose que je reconnaisse,*
*mal incurable dans l'étoffe de peau ;*
*de même qu'en esprit j'ai brûlé, vois, je brûle*
*en toi ; le bois longtemps a refusé*
*de consentir aux flammes que tu couves,*
*à présent je te gave et brûle en toi.*
*Ma douceur de ce monde, quand tu fais rage,*
*devient rage infernale d'autre monde.*
*Naïvement pur d'avenir, je suis*
*monté sur le bûcher trouble de la douleur,*
*sûr de ne plus acheter d'avenir*
*pour ce cœur où la ressource était muette.*
*Suis-je encore, méconnaissable, ce qui brûle ?*
*Je n'y traînerai pas de souvenirs.*
*Ô vie, ô vie : être dehors.*
*Et moi en flammes. Nul qui me connaisse*

[*Renonce. Rien de ce qu'était la maladie*
*autrefois, dans l'enfance : un délai, un prétexte*
*à grandir. Tout appelait, bourdonnait.*
*Ne confonds pas ce qui te surprit jeune*][216]

L'œuvre *magique* s'arrête sur cette rupture ; mais...

*Mais le dit est-il vain que ce fut pour pleurer Linos,*
*qu'à travers l'aride roideur s'aventura jadis le*
*[premier chant,*
*que seul l'effroi de cet espace par un enfant presque*
*[divin*
*déserté soudain pour toujours, put faire naître dans*
*[le vide*
*cette onde maintenant qui nous entraîne, aide et*
*[console*[217].

# Notes

S W = *Samtliche Werke*, Wiesbaden 1955, en 6 volumes.
B = éditions des *Briefe* en 5 volumes, Leipzig 1939, épuisée.
C = édition choisie des *Briefe* en 1 volume, Wiesbaden 1950.
*Prose* = *Œuvres*, t. 1, Le Seuil 1966, rééd. 1972.
*Poésie* = *Œuvres*, t. 2, Le Seuil, 1972.
*Corr.* = *Correspondance*, *Œuvres*, t. 3, Le Seuil, 1976.

Dans tous les cas où le nom du traducteur n'est pas nommé, les versions des citations sont dues à l'auteur.

1. R. Kassner, *Buch der rinnerung*, Leipzig 1938.
2. R. Musil, *Rede zur Rilke-Feier*, in *Prosa usw.*, Hambourg 1978, p. 1230.
3. *Kindheit*, 105/07. *Nouveaux poèmes*. S W I, p. 384. *Poésie*, p. 137.
4. Lass dir., *dass Kindheit war...*, 1920. S W II, p. 130. *Poésie*, p. 435.
5. Notice pour le *Dictionnaire des poètes et prosateurs allemands du XIX*[e], 1896. S W VI, p. 1525.
6. B 1892-1904, p. 331-2.
7. B 1892-1904, p. 35.
8. De Joseph de Pesquidoux, Paris 1925.
9. C, p. 893. *Corr.*, p. 587.
10. *Un artiste pragois* (Émile Orlik). S W V, p. 469.
11. B 1907-1914, p. 8.
12. S W IV, p. 517-9. *Prose*, Paris 1966, p. 131-2, trad. J. Legrand.
13. B 1892-1904, p. 333.
14. S W I, p. 698. *Poésie*, p. 325, 337.

15. B 1892-1904, p. 441. *Corr.*, p. 44.
16. B 1907-1914, p. 211. Lettre amputée dans C (n° 157). *Corr.*, p. 208.
17. S W VI, p. 800. *Prose*, p. 596, trad. M. Betz.
18. S W VI, p. 777/8. *Prose*, p. 580, trad. M. Betz.
19. B 1892-1904, p. 341.
20. B 1914-1921, p. 350, C. p. 643-4. *Corr.*, p. 446.
21. *Wegwarten*, préface, 1895. S W III, p. 112.
22. *Traumgekront*. S W I, p. 96.
23. *Kindheit*, 1906. *Nouveaux poèmes*. S W I, p. 510. *Poésie*, p. 189.
24. *Sonnets à Orphée 2*, XXVI (1922). S W I, p. 768. *Poésie*, p. 408.
25. *Le livre d'heures* I. S W I, p. 253. *Poésie*, p. 91.
26. Ewald Tragy, S W VI, p. 567. *Prose*, p. 165, trad. J. Legrand.
27. Cf. H. F. Peters, *Ma sœur, mon épouse*, Paris 1968.
28. *Ibidem*, p. 200.
29. *Dir zu Feier* (1897/8). S W III, p. 177.
30. B. Pasternak, *Sauf-conduit*, Paris 1959, p. 9.
31. Cité dans Peters, *op. cit.*, p. 233.
32. À Ellen Key, 3.IV.1903. B 1892-1904, p. 336.
33. B 1907-1914, p. 162, C, p. 304. *Corr.*, p. 181.
34. S W I, p. 235/6. *Poésie*, p. 79.
35. S W I, p. 253. *Poésie*, p. 91.
36. S W I, p. 316.
37. S W VI, p. 360. *Prose*, p. 501, trad. M. Betz.
38. *Le Livre d'heures* I. S W I, p. 253. *Poésie*, p. 91.
39. *Le Livre d'heures* II. S W I, p. 316. *Poésie*, p. 106.
40. *Ibidem*, S W I, p. 340. *Poésie*, p. 111.
41. S W I, p. 726. *Poésie*, p. 343-375.
42. À Ilse Jahr, 22.II.1923. B 1921-1926, p. 196, C, p. 820. *Corr.*, p. 541.
43. *Tagebücher aus der Frühzeit*, Leipzig 1942, p. 315.
44. S W V, p. 360 s.
45. S W I, p. 458. *Poésie*, p. 150.
46. À Lou Andreas-Salomé, 18.VII.1903. B 1892-1904, p. 360.
47. *Le Livre d'heures* III. S W I, p. 343. *Poésie*, p. 112.
48. *Ibidem*, S W I, p. 345. *Poésie*, p. 113.
49. B 1892-1904, p. 246.

50. *Les Cahiers de Malte Laurids Brigge*. S W VI, p. 754/5. Cité ici dans la trad. d'André Gide *les Lettres* IV, n° 14/16, p. 89/90. Même passage dans *Prose*, trad. Betz, p. 564.
51. *Ibidem*, S W VI, p. 776/7. *Prose*, p. 579.
52. B 1907-1914, p. 208.
53. B 1892-1904, p. 375, C, p. 56-7. *Corr.*, p. 29.
54. B 1904-1907, p. 95, C, p. 110. *Corr.*, p. 56.
55. S W III, p. 321.
56. À Lou Andreas-Salomé, cf. note 53.
57. Ibidem.
58. B 1892-1904, p. 129.
59. B 1904-1907, p. 403. C, p. 174. *Corr.*, p. 99.
60. B 1904-1907, p. 432/3, C, p. 195. *Corr.*, p. 115.
61. *Ibid.*, p. 420. C, p. 186. *Corr.*, p. 107.
62. À Clara Rilke, 9.VIII.1907. B 1904-1907, p. 353.
63. B 1907-1914, p. 71. C, p. 244. *Corr.*, p. 139.
64. *Nouveaux poèmes*. S W I, p. 629. *Poésie*, p. 287, trad. J. Legrand.
65. Ibidem, *Chant de la mer*. S W I, 600. Poésie, p. 264.
66. *Ibidem*, S W I, p. 530. *Poésie*, p. 204.
67. *Ibidem*, S W I, p. 549. *Poésie*, p. 219.
68. *Ibidem*, S W I, p. 554. *Poésie*, p. 220.
69. *Ibidem*, S W I, p. 626, *Poésie*, p. 285, trad. J. Legrand.
70. *Aus dem Nachlass des Grafen C. W.* (1920), S W II, p. 120.
71. B 1907-1914, p. 49/50. C p. 235/6. *Corr.*, p. 133.
72. À Lotte Hepner, 8.II.1915. B 1914-1921, p. 86. C, p. 890, C, p. 510. *Corr.*, p. 387.
73. À Witold Hulewicz, 10.XI.1925. B 1921/1926, p. 358.
74. S W I, p. 347. *Poésie*, p. 115.
75. *Requiem pour une amie*, S W I, p. 647. *Poésie*, p. 301, trad. L. Gaspar.
76. *Requiem pour Wolf von Kalckreuth*, S W I, p. 661. *Poésie*, p. 310, trad. L. Gaspar.
77. *Les Cahiers de Malte Laurids Brigge*, S W VI, p. 920/1. *Prose*, p. 681. Trad. M. Betz. (Je pense qu'il faudrait comprendre plutôt : *Et nous errons ainsi, une risée et une moitié, ni êtres, ni acteurs.*)
78. À Clara Rilke, 19.X.1907. B 1904-1907, p. 434. C, p. 196. *Corr.*, p. 116.

79. À N.N., 5.III.1912. B 1907-1914, p. 229, C, p. 346/7. *Corr.*, p. 215.
80. *Briefwechsel mit Benvenuta*, Esslingen 1954, p. 33/4. *Corr.*, p. 267.
81. *Briefwechsel mit Benvenuta*, Esslingen 1954, p. 33/4. *Corr.*, p. 267.
82. *Ibidem. Corr.*, p. 267.
83. S W VI, p. 1044. Ébauche de *Sur l'amour de Dieu pour ses créatures.*
84. S W VI, p. 924/5. *Prose*, p. 684, trad. M. Betz.
85. S W VI, p. 937. *Prose*, p. 694, trad. M. Betz.
86. S W VI, p. 941/2. *Prose*, p. 696/7, trad. M. Betz.
87. S W VI, p. 836. *Prose*, p. 621, trad. M. Betz.
88. S W II, p. 11 s.
89. À Ellen Delp, 27.X.1915. B 1914-1921, p. 80. C, p. 509/10. *Corr.*, p. 387.
90. B 1907-1914, p. 115. C, p. 270.
91. B 1904-1907, p. 434. C, p. 196. *Corr.*, p. 116.
92. B 1907-1914, p. 156/60. C, p. 300. *Corr.*, p. 178.
93. *Ibidem*, p. 184. *Corr.*, p. 193.
94. *Briefwechsel mit Benvenuta*, p. 53. *Corr.*, p. 279.
95. *Correspondance avec Marie de la Tour et Taxis*, Paris 1960, p. 126, trad. P. Klossowski. B 1907-1914, p. 271, C, p. 381. *Corr.*, p. 237.
96. Cité dans F. W. Wodtke, *Rilke und Klopstock*, Kiel 1948, p. 41.
97. B 1907-1914, p. 380/3. C, p. 458/60. *Corr.*, p. 340.
98. *Briefwechsel Rilke-Lou Andreas-Salomé*, Zurich 1952, p. 338, trad. par P. Klossowski dans *Commerce* 9, 1967.
99. S W II, p. 375.
100. *Erlebnis* II. S W VI, p. 1041. *Prose*, p. 283, trad. J. Legrand.
101. *Première Élégie*, 1912. S W I, p. 685. *Poésie*, p. 315, 347.
102. *Deuxième Élégie*, 1912. S W I, p. 691.
103. *Erlebnis* II. S W VI, p. 1041. *Prose*, p. 283, trad. J. Legrand.
104. B 1907-1914, p. 367. C, p. 449. *Corr.*, p. 322.
105. B 1914-1921, p. 93. C, p. 517. *Correspondance avec Marie de La Tour et Taxis*, p. 216. *Corr.*, p. 393.
106. B 1907-1914, p. 255 et 258. C, p. 365 et 368. *Correspon-*

*dance avec Marie de La Tour et Taxis*, p. 11 et 113/4. *Corr.*, p. 227.

107. B 1914-1921, p. 80. C, p. 509/10. *Corr.*, p. 387.
108. B 1904-1907, p. 131. C, p. 12/56. *Corr.*, p. 63.
109. Cité dans Wodtke, *op. cit.*, p. 96/7. (Page de journal inédite de janvier 1913.)
110. *Briefwechsel mit Benvenuta*, p. 29. *Corr.*, p. 263.
111. *Ibidem*, p. 23/25. *Corr.*, p. 258.
112. *Dixième Élégie*, 1922. S W I, p. 724. *Poésie*, p. 342, 374.
113. S W II, p. 67. *Poésie*, p. 423.
114. B 1914-1921, p. 226. C, p. 573. Cf. aussi *les Lettres* IV, n° 14/16, p. 25, la lettre de Romain Rolland à ce propos.
115. *Première Élégie*, S W I, p. 687. *Poésie*, p. 319, 351.
116. S W I, p. 692. *Poésie*, p. 320, 352.
117. B 1907-1914, p. 168. C, p. 308/9. *Corr.*, p. 185.
118. S W I, p. 693. *Poésie*, p. 321, 353.
119. *Briefwechsel mit Benvenuta*, p. 101. *Corr.*, p. 307.
120. *Ibidem*, p. 139. *Corr.*, p. 333.
121. *Ibidem*, p. 138. *Corr.*, p. 333.
122. *Ibidem*, p. 105. *Corr.*, p. 309.
123. B 1907-1914, p. 388. C, p. 464. *Corr.*, p. 344.
124. *Puppen*, S W VI, p. 1066/7. *Prose*, p. 274, trad. M. Betz.
125. *Ibidem*, p. 1069. *Prose*, p. 276. trad. M. Betz.
126. *Briefwechsel mit Benvenuta*, p. 108. *Corr.*, p. 311.
127. S W II, p. 82. *Corr.*, p. 345.
128. *Klage*, S W II, p. 84. *Poésie*, p. 428.
129. S W II, p. 94. *Poésie*, p. 431.
130. B 1914-1921, p. 10. C, p. 470. *Corr.*, p. 357.
131. B 1914-1921, p. 218/9.
132. B 1914-1921, p. 49/50. C, p. 484. *Corr.*, p. 369.
133. *Vorrede zu einer Vorlesung aus eigenen Werken*, S W VI, p. 1097-8.
134. B 1914-1921, p. 227. C, p. 573/4.
135. S W II, p. 94. *Poésie*, p. 431.
136. S W II, p. 220. *Poésie*, p. 432.
137. S W II, p. 95. *Poésie*, p. 434.
138. Hans Carossa, *Führung und Geleit*, Leipzig 1936.
139. B 1914-1921, p. 44. C, p. 484. Cf. Alfred Schuler, *Fragmente*

*und Vortrage aus dem Nachlass*, Leipzig 1940. *Corr.*, p. 367.

140. À Dorothea von Ledebur, 19.XII.1918, B 1914-1921, p. 88.
141. S W I, p. 437, trad. J. Legrand dans *Tel quel*, nº 21, printemps 1965.
142. C, p. 53. *Prose*, p. 309, trad. B. Grasset.
143. C, p. 55. *Ibidem*, p. 311, trad. B. Grasset.
144. S W VI, p. 1123. *Prose*, p. 347/9, trad. J. Legrand.
145. B 1921-1926, p. 140. C, p. 778/9. *Corr.*, p. 518.
146. B 1907-1914, p. 196. C, p. 327. *Corr.*, p. 200.
147. *L'Amour de Madeleine*, édité par l'abbé Bonnet, Paris 1909, p. 35/6.
148. *Ibidem*, p. 13.
149. *Nouveaux poèmes*, S W I, p. 494. *Poésie*, p. 176.
150. S W II, p. 103. *Poésie*, p. 434.
151. B 1914-1921, p. 92/3. C, p. 515-6. *Corr.*, p. 391.
152. S W II, p. 164. *Corr.*, p. 391.
153. *Quatrième Élégie*, S W I, p. 697. *Poésie*, p. 324, 356.
154. *Ibid.*, S W I, p. 698. *Poésie*, p. 325, 357.
155. *Ibid.*, S W I, p. 700. *Poésie*, p. 326, 358.
156. *Lettres françaises à Merline*, Paris 1950, p. 38. *Corr.*, p. 439.
157. À Elisabeth von Schmidt-Pauli, 14.VII.1919. B 1914-1921, p. 262.
158. *Urgerausch*, S W VI, p. 1085. *Prose*, p. 284, trad. M. Betz.
159. *Lass dir, dass Kindheit war...* S W II, p. 131. *Poésie*, p. 436.
160. S W II, p. 460.
161. S W II, p. 144. *Poésie*, p. 440.
162. *Correspondance avec Marie de La Tour et Taxis*, p. 353/4. C, p. 677/8. *Corr.*, p. 473.
163. B 1921/1926, p. 55. C, p. 705.
164. *Ibidem*, p. 91/2. C, p. 728. Rilke, au début de cette citation, joue sur le mot *Dasein, ètre-là – être-où*, traduit d'ordinaire par *existence*. *Corr.*, p. 495.
165. *Ibidem*, p. 112. C, p. 740. *Corr.*, p. 499.
166. *Correspondance avec Marie de La Tour et Taxis*, p. 371/2. B 1921-1926, p. 114/5. C, p. 742/3. *Corr.*, p. 500.
167. *Gegenstrophen*, S W II, p. 136. *Poésie*, p. 437.
168. C, p. 757. *Corr.*, p. 507.
169. S W I, p. 685. *Poésie*, p. 315, 347.

170. *Dixième Élégie*, S W I, p. 721. *Poésie*, p. 340, 371.
171. *Cinquième Élégie*, S W I, p. 705. *Poésie*, p. 329, 360.
172. S W I, p. 709. *Poésie*, p. 332, 363.
173. S W III, p. 145.
174. *Saltimbanques*, S W VI, p. 1137.
175. *Sixième Élégie*, S W I, p. 706. *Poésie*, p. 330, 361.
176. *Vergers*, 24. S W II, p. 529. *Poésie*, p. 478.
177. *Dixième Élégie*, S W I, p. 723. *Poésie*, p. 341, 373.
178. R. Kassner, *Zahlund Gesicht*, Leipzig 1925, p. 39 et 199. (Intr. tr. G. Bianquis dans la *Nouvelle Revue Française*, n° 40, avril 1956). Rilke connaissait ce texte avant 1922.
179. B 1921-1926, p. 371/2. C, p. 896. *Corr.*, p. 588.
180. *Neuvième Élégie*, S W I, p. 720. *Poésie*, p. 339, 371.
181. *Huitième Élégie*, S W I, p. 716. *Poésie*, p. 337, 368.
182. *Uber den Dichter*. S W VI, p. 1035. *Prose*, p. 339, trad. M. Betz.
183. *Neuvième Élégie*, S W I, p. 719. *Poésie*, p. 339, 370.
184. S W I, p. 688. *Poésie*, p. 317, 349.
185. S W I, p. 725. *Poésie*, p. 343, 374.
186. *Sonnets à Orphée*, II, 18. S W I, p. 763. *Poésie*, p. 404.
187. *Ibid.*, I, 8. S W I, p. 735. *Poésie*, p. 383.
188. *Ibid.*, I, 23. S W I, p. 745. *Poésie*, p. 391.
189. *Ibid.*, II, 3. S W I, p. 752. *Poésie*, p. 395.
190. *Ibid.*, I, 3. S W I, p. 732. *Poésie*, p. 380.
191. *Ibid.*, II, I S W I, p. 751. *Poésie*, p. 394.
192. *Solang du Selbstgeworfenes fangst…* S W II, p. 132. *Poésie*, p. 437.
193. *Neuvième Élégie*. S W I, p. 718. *Poésie*, p. 338, 370.
194. B 1921-1926, p. 286. C, p. 868.
195. S W VI, p. 906. *Prose*, p. 671.
196. Cf. *les Lettres* IV, n° 14/16, p. 49-50. *Corr.*, p. 595.
197. *Vergers*. S W II, p. 534. *Poésie*, p. 483.
198. *Ans Taschen-Büchern und Merk-Blattern 1925*, Wiesbaden 1950.
199. S W I, p. 718. *Poésie*, p. 338, 370.
200. S W II, p. 496.
201. S W II, p. 167. *Poésie*, p. 446.
202. S W VI, p. 1090, *Prose*, p. 287/8.
203. S W II, p. 506. *Poésie*, p. 458.

204. S W II, p. 184. *Poésie*, p. 457.
205. Carl J. Burckhardt, *Ein Vormittag beim Buchlandler*, Bale 1943.
206. À Margot Sizzo, 16. XII. 1923. C, p. 848/9. *Corr.*, p. 555.
207. *Châle*. Deux ébauches d'octobre 1923. S W II, p. 477. *Poésie*, p. 441.
208. B 1921-1926, p. 195/6. C, p. 819/20. *Corr.*, p. 541.
209. S W II, p. 185. *Poésie*, p. 458.
210. S W II, p. 182. *Poésie*, p. 457.
211. À Lotte Hepner, 8.XI.1915. B 1914-1921, p. 93. C, p. 516. *Corr.*, p. 391.
212. B 1921-1926, p. 378.
213. À Gertrude Ouckama-Knoop, 13.II.1924. B 1921-1926, p. 237/8.
214. À Witold Hulewicz, 3.II.1925. B 1921-1926, p. 373. C, p. 897. *Corr.*, p. 589.
215. *Ibidem*, p. 433. C, p. 945. *Corr.*, p. 611.
216. S W II, p. 511. *Poésie*, p. 463.
217. *Première Élégie*, S W I, p. 688. *Poésie*, p. 318, 350.

# Chronologie

| Résidences | | Voyages | Œuvres (création) | Œuvres (parution) |
|---|---|---|---|---|
| 4 déc. | **1875** | Naissance à Prague | | |
| | **1886** | École militaire | | |
| | **1890** | (St-Pölten et Märisch-Weisskirchen) | | |
| sept. : **Linz** | **1891** | Handels-akademie | **Vie et chansons** | |
| mai : **Prague** | **1892** | | | |
| | **1893** | | **Au fil de la vie** | |
| | **1894** | | **Couronné de rêve** | **Vie et chansons** |
| | | | **Chicorées sauvages** | |
| juil. | **1895** | Baccalauréat | **Offrande aux lares** | **Offrande aux lares** |
| hiver | | Université | | |
| sept. : **Munich** | **1896** | | **Avent** | **Couronné de rêve** |
| | | | **Visions du Christ** | **Chicorées sauvages** |
| été | **1897** | Wolfratshausen | **Deux histoires pragoises** | **Avent** |
| Oct. : **Berlin** | | | **Pour me fêter** | |
| printemps | **1898** | Florence | **La Princesse blanche** | **Au fil de la vie** |
| | | Viareggio | **Les Derniers** | |
| | | | **Le Livre des images** (achevé en 1901) | |
| avril/juin | **1899** | Voyage en Russie | **Histoires du bon Dieu** **Le Livre de la vie monastique (Livre d'heures I). La Chanson de l'amour et de la mort du cornette Christophe Rilke** | **Deux histoires pragoises** **Pour me fêter** **La Princesse blanche** |
| mai/août | **1900** | Russie | | **Histoires du bon Dieu** |
| fin août | | Worpswede | | |

| | | | | |
|---|---|---|---|---|
| fin mars : **Westerwede** | **1901** | Mariage avec Clara Westhoff | **Le Livre du pèlerinage (Le Livre d'heures II)** | **Les Derniers** |
| | **1902** | Naissance de Ruth | **Worpswede** | **Le Livre des images I** |
| | | | **Rodin I** | |
| 28 août : **Paris** | | | **Le Livre des images II** (achevé en 1906) | |
| mars/avr. | **1903** | Viareggio | **Le Livre de la pauvreté et de la mort (Le Livre d'heures III)** | **Worpswede** **Rodin I** |
| juin/ | | Worpswede | **Nouveaux poèmes I** | |
| août | | Oberneuland | (achevés en 1907) | |
| sept. | | Rome | | |
| janv./juil. | **1904** | Rome | **Les Cahiers de Malte** | |
| | | Danemark | **Laurids Brigge** | |
| | | Suède | (achevés en 1910) | |
| déc. | | Oberneuland | | |
| | **1905** | Allemagne | **Rodin II** (achevé en 1907) | **Le Livre d'heures** |
| sept. : **Meudon** | | | | |
| juil./août | **1906** | Belgique | | **Le Cornette** |
| nov. | | Capri | | **Le Livre des images II** |
| mai | **1907** | | **Nouveaux poèmes II** | **Nouveaux poèmes I** |
| **Paris** | | | **Requiem** | **Rodin II** |
| fév./avril | **1908** | Capri | | **Nouveaux poèmes II** |
| | **1909** | Provence | | **Requiem** |
| | **1910** | Allemagne | | |
| avril | | Duino | | |
| déc. | | Afrique du Nord | | |
| janv./mars | **1911** | Égypte | | |
| juil./sept. | | Prague | **La Vie de Marie** | |
| | | Allemagne | **Première et Deuxième** | |
| oct. | | Duino | **Élégies** | |
| juin | **1912** | Venise | | |
| nov. | | Espagne | **Sur le poète** | |
| fév. | **1913** | Allemagne | **Troisième et Sixième Élégie** | **La vie de Marie** |
| | | | **Aventure I et II** | |
| | | | **Sur le jeune poète** | |
| | | | « Poèmes à la nuit » | |

| | | | | |
|---|---|---|---|---|
| prin-temps | **1914** | Berlin, Duino | **Poupées** | |
| août : | | Venise, Assise | Poèmes épars | |
| **Munich** | | | | |
| déc. | **1915** | Vienne | **Quatrième Élégie** | |
| | **1917** | Berlin | | |
| 11 juin | **1919** | Suisse | **Rumeur des âges** | |
| juil./sept. | | Soglio | | |
| | **1920** | Suisse | **Poésies du comte C. W.** | |
| nov. : | | | Fragment d'élégie : « Las dir, dass Kindheit » | |
| **Berg am Irchel** | | | | |
| 30 juin | **1921** | Valais (Muzot) | | |
| 20 juil. | | | | |
| **Muzot** | | | | |
| | **1922** | | **Élégies de Duino** | |
| | | | **Sonnets à Orphée** | |
| | | | **Lettre du jeune ouvrier** | |
| fin déc./ | **1923** | Val-Mont | | **Élégies de Duino** |
| fin janv. | | | | **Sonnets à Orphée** |
| | **1924** | Ragaz | **Vergers** | |
| | | | **Quatrains valaisans** | |
| nov. | | Val-Mont | **Roses** | |
| | | | **Fenêtres** (achevé en 1926) | |
| | | | Nouveaux poèmes épars | |
| janv./août | **1925** | Paris | Poèmes épars | |
| | | Ragaz | | |
| janv./mai | **1926** | Val-Mont | Poèmes épars | **Vergers** |
| | | Ragaz | | **Quatrains valaisans** |
| 30 nov. | | Val-Mont | | |
| 29 déc. | | Mort de Rilke à Val-Mont | | |
| 2 janv. | **1927** | Enterrement à Rarogne (Valais) | | |

# Bibliographie indicative

**Œuvres complètes**

Édition en trois volumes aux éditions du Seuil, sous la direction de Paul de Man :

*Œuvres. Vol. 1 Prose*, 1966, 1972 (toutes les œuvres de prose importantes).

*Œuvres. Vol. 2 Poésie,* 1972 (très large choix, traductions de M. Betz, L. Gaspar, A. Guerne, Ph. Jaccottet et J. Legrand).

*Œuvres. Vol. 3 Correspondance*, 1976 (Édition établie et annotée par Ph. Jaccottet ; 236 lettres de 1900 à 1926, avec quelques version de Bl. Briod et P. Klossowski).

Édition en deux volumes aux éditions Gallimard, collection *« Bibliothèque de la Pléiade » :*

*Œuvres en prose : récits et essais*, (Édité et préfacé par Claude David), 1993.

*Œuvres poétiques et théâtrales*, (Dirigé par Gérald Stieg), 1997.

**Ouvrages en français (poésie et prose)**

dans des traductions variées

Contes de Bohême
*Éditions Émile-Paul, 1937*

Les Cahiers de Malte Laurids Brigge
*Seuil, 1966*
*« Points », n° P199*
*« Folio classique », n° 2294*
*« GF/Flammarion », n° 566*

Les Élégies de Duino *suivi de* Les Sonnets à Orphée
*Seuil, « Points Essais », 1974, rééd. « Points Poésie », 2006*
*Actes Sud, 1991 et « Babel », n° 634*
*« GF/Flammarion », n° 674, 1992*
*Ivréa, 1994*
*« Poésie/Gallimard », n° 283, 1994*

Vergers
*« Poésie/Gallimard », n° 121, 1978*

La Princesse blanche : scène au bord de la mer
*Action Poétique, 1981*
*Actes Sud, 1987*
*Zoé, 1992*

Le Testament
*Seuil, « Le don des langues », 1983*
*et « Points », n° P577*

Mitsou (Illustrations de Balthus)
*Séguier, 1988*

Le Chant d'amour et de mort du cornette Christophe Rilke
*La Découverte, 1987*
*Fourbis, 1990, rééd. Farrago, 2004*

Le Vent du retour
*Arfuyen, 1989, 2005*

Le Livre d'heures
*Le Cri, 1989, 2001, 2005*

Les Roses
*Gonin éd., 1989*

Le Livre de la pauvreté et de la mort
*Actes Sud, 1989, 2001*
*Arfuyen, 1997*

La Vie de Marie
*Arfuyen, 1992*

Chant éloigné, poèmes et fragments
*Verdier, 1992, 1999*

L'Amour de Madeleine — Die Liebe der Magdalena : traduction d'un sermom anonyme du XVIII$^{e}$ siècle
*Arfuyen, « Textes allemands », 1992*

Poèmes à la nuit
*Verdier, 1994, 1999*

Histoires du bon Dieu
*Calmann-Lévy, 1994*
*Seuil, « Points », n° P309*
*Gallimard, « Folio bilingue », n° 118*

Requiem (Illustrations de Alexandre Hollan)
*Fata Morgana, 1996, 2002*

Élégies duinésiennes (Édité et traduit par J.-Y. Masson)
*Imprimerie nationale, 1996*

Poèmes
*Textuel, 1997, 2005*

Ewald Tragy : et autres récits de jeunesse
*Seuil, « Points », n° P436, 1997*

Histoires pragoises
*Seuil, « Points », n° P437, 1997*

Huitième Élégie de Duino
*Fata Morgana, 1998*

Deux histoires pragoises
*Gallimard, « Folio bilingue », n° 74, 1998*

*Mille et une nuits, 1999*

Les Quatrains valaisans
*Fata Morgana, 2000*

Les Sonnets à Orphée
*Ulysse fin de siècle, 2001*

**Correspondances et journaux**

Lettres à une amie vénitienne
*Milan, 1941*
*Gallimard, « Arcades », n° 6, 1985*

Lettres françaises à Merline
*Seuil, « Le don des langues », 1950, 1984*

Correspondance Rilke – Gide
*R. Lang, 1952*

Lettres milanaises
*R. Lang, 1956*

Cinq Lettres d'un poète
*Lettres Modernes Minard, 1961*

Correspondance avec une dame, Hélène von Nostitz : 1910 - 1925
*Aubier - Montaigne, 1976, 1979*

Lettres autour d'un jardin
*La Délirante, 1977*

Correspondance (avec Lou Andreas-Salomé)
*Gallimard, 1979, 1985*

Correspondance à trois : été 1926 (avec Boris Pasternak et Marina Tsvetaïeva)
*Gallimard, 1983 et « L'Imaginaire », n° 481*

Lettres à un jeune poète
*Grasset, 1984, 2002*
*La Bibliohtèque des arts, 1990*
*Seuil, « L'École des Lettres », 1992*
*« Poésie/Gallimard », n° 270*
*« GF/Flammarion », n° 787*
*Mille et une nuits, 1997*
*« Le Livre de poche », n° 6904*

Correspondance avec Marie de La Tour et Taxis
*Albin Michel, 1988*

Journaux de jeunesse
*Seuil, « Le don des langues », 1989 et « Points », n° R485*

Le Journal florentin
*Méridiens/Klincksieck, 1989*
*L'École des Loisirs, 1998*

Correspondance : 1924-1925 (avec Catherine Pozzi)
*La Différence, 1990*

Lettres sur Cézanne
*Seuil, « Le don des langues », 1991 et « L'École des Lettres », 1995*

Lettres à Yvonne von Wattenwyl : 1919 - 1925
*Verdier, 1994*

Lettres à une compagne de voyage
*Quinzaine littéraire éd., 1995*

Lettres à un jeune peintre, Balthus
*Aine éd., « Le chant du monde », 1996*
*Rivages, 2002*

Lettres à une musicienne
*Calmann-Lévy, 1998*

Lettres à Rodin
*La Bartavelle, 1998*
*Alternatives, 2002*

Journal de Westerwede et de Paris, 1902
*Rivages, 2001 et « Rivages-poche », n° 409*

Lettres à Lou Andreas-Salomé
*Mille et une nuits, 2005*

Lettres de Paris 1902-1910
*« Rivages-poche », n° 514, 2006*

**Autres ouvrages (souvenirs, biographies, critiques)**

*Rainer-Maria Rilke*, K. Kippenberg, Plon, 1942
*Rainer-Maria Rilke,* P. Desgraupes, Seghers « Poètes d'aujourd'hui », 1949
*Rainer-Maria Rilke,* J-F. Angeloz, Mercure de France, 1952
*Une image de Rilke*, Lou Albert-Lasard, Mercure de France, 1953
*L'Espace littéraire*, p. 121-166, Maurice Blanchot, Gallimard, 1955
*Chemins qui ne mènent nulle part*, p. 220-261, Martin Heidegger, Gallimard, 1962
*Ma vie, Lou Andreas-Salomé*, P.U.F, « Quadrige », 1977
*Rilke, sa vie son œuvre*, Wolfgang Leppmann, Seghers, 1984
*Rainer-Maria Rilke,* Lou Andreas-Salomé, éditions Maren Sell, 1989
*Rainer-Maria Rilke*, revue *Europe*, numéro spécial 719, Messidor 1989
*Rilke à Paris*, Maurice Betz, éditions Obsidiane, 1990
*En Russie avec Rilke 1900*, Lou Andreas-Salomé, Seuil, 1992
*Les Années valaisanes de Rilke*, Maurice Zermattent, La Différence, 1993
*Une matinée chez le libraire* suivi de *Souvenirs,* Carl Jacob Burckhardt, L'Anabase, 1994
*Lectures de Rilke*, Gaston Fernandez Carrera, La Lettre volée, 1995
*Rilke, la vie d'un poète*, Ralph Freedman, Actes Sud, 1998

## BIBLIOGRAPHIE INDICATIVE


*Le Sens de l'existence chez Rilke*, Romano Guardini, éditions Les Cahiers bleus, 1999

*Rilke : images de la ville, figures de l'artiste*, Jürgen Siess, éditions H. Champion, 2000

*Rilke*, numéro spécial revue *Dix-neuf-vingt*, Eurédit, 2001

*Rilke ou l'ange déchiré*, Pierre Mertens, La Renaissance du livre, 2001

*Les Élégies de Duino, essai de lecture*, Martine Carré, éditions P. Lang, 2002

*Rilke sans domicile fixe*, Olympia Alberti, éditions C. Pirot, 2003

*Lettres à Rilke*, Hugo von Hoffmannsthal, Rivages, 2004

*Rilke, la pensée par les yeux*, Karine Winkelvoss, PIA - Université Sorbonne Paris III, 2004

*Rainer-Maria Rilke*, Jean-Yves Masson, Aden éditions, 2006

DU MÊME AUTEUR

Requiem
*Mermod, 1947*
*Fata Morgana, 1991*

L'Effraie et autres poésies
*Gallimard, 1953, 1979*
*et « Poésie/Gallimard », n° 71*

La Promenade sous les arbres
*Gallimard, 1957*
*La Bibliothèque des arts, 1996*

L'Ignorant
*Gallimard, 1958*
*et « Poésie/Gallimard », n° 71*

Éléments d'un songe
*Gallimard, 1961*
*L'Âge d'homme, 1990*

Airs : poèmes 1961-1964
*Gallimard, 1967*
*et « Poésie/Gallimard », n° 71*

L'Entretien des muses
*Gallimard, 1968*

Gustave Roud
*Seghers, « Poètes d'aujourd'hui », 1968*
*nouvelle éd. 2002*

Paysages avec figures absentes
*Gallimard, 1970, nouvelle éd. 1976*
*et « Poésie/Gallimard », n° 317*

Chants d'en bas
*Payot, 1974*
*et « Poésie/Gallimard », n° 277*

À travers un verger
*Fata Morgana, 1975*
*Gallimard, 1984*
*Fata Morgana, 1993*

Journées : Carnets (1968-1975)
*Payot, 1977*

À la lumière d'hiver
*précédé de* Leçons
*Gallimard, 1977*
*et « Poésie/Gallimard », n° 277*

Les Cormorans
*Idumée, 1980*

Pensées sous les nuages
*Gallimard, 1983*
*et « Poésie/Gallimard », n° 277*

Dans la lumière de Vaucluse
*Galerie G. Guerre, 1983*

La Semaison : carnets 1954-1979
*Gallimard, 1984*

Une transaction secrète
*essais*
Gallimard, 1987

Autres journées
*Fata Morgana, 1987*

L'Obscurité
*Gallimard, 1989*
*Le Rocher, 2004*

Libretto
*La Dogana, 1990*

Cahier de verdure
*Gallimard, 1990*
*et « Poésie/Gallimard », n° 383*

Cristal et Fumée
*Fata Morgana, 1993*

Tout n'est pas dit
*Le Temps qu'il fait, 1994*

Après beaucoup d'années
*Gallimard, 1994*
*et « Poésie/Gallimard », n° 383*

Écrits pour papier journal
*Chroniques 1951-1970*
*Gallimard, 1994*

Autriche
*L'Âge d'homme, 1995*

La Seconde Semaison : carnets, 1980-1994
*Gallimard, 1996*

Haïku
*Fata Morgana, 1996*

Beauregard
*Zoé, 1998*

Observations et autres notes anciennes : 1947-1962
*Gallimard, 1998*

Notes du ravin
*Fata Morgana, 2001*

La Troisième Semaison : carnets, 1995-1998
*Gallimard, 2001*

Et, néanmoins : proses et poésies
*Gallimard, 2001*

Le Bol du pèlerin
*La Dogana, 2001*

Correspondances avec Gustave Roud
*Gallimard, 2002*

À partir du mot Russie
*Fata Morgana, 2003*

Nuages
*Fata Morgana, 2003*

Truinas : le 21 avril 2001
*La Dogana, 2004*

Israël, cahier bleu
*Fata Morgana, 2004*

De la poésie
*entretiens avec Reynald André Chalard*
*Arléa, 2005*

Remarques sur Palézieux
*Fata Morgana, 2005*

RÉALISATION : IGS-CP À L'ISLE-D'ESPAGNAC
IMPRESSIÒN : NORMANDIE ROTO S.A.S. À LONRAI
DÉPÔT LÉGAL : AVRIL 2006. N° 86797-2 (1501995)
*Imprimé en France*